孤獨 戀語

Amours
Solitaires

Morgane Ortin

莫卡娜‧歐亭——著

周昭均——譯

❦ 致謝 ❧

我想感謝 278 位讓這本書得以成型的貢獻者。

謝謝你們將私密關係的寶藏託付給我。謝謝你們精彩的字句、你們的心思與文字遊戲;謝謝你們的韻腳、詩句,和你們毫無極限的巧妙應答;謝謝你們令人神魂傾倒的告白,你們讓不只一人臉紅的性愛簡訊,以及在這些訊息中如此完美轉錄下來的情緒與感受。

如今,這些訊息脫離了它們的脈絡,促成了一個偉大的愛情故事。

無比感謝你們的支持、全心的投入,以及你們美好的詩句。

這本書是你們的書。

最後,我想特別提及給予我靈感促成這本書的繆思與顧問,他們兩人都有著象徵愛情的名字:羅密歐與茱麗葉。

我想讓愛情革命的種子萌芽！

我愛上了愛情。我愛去愛，我愛說愛，我愛寫愛，我愛反覆讀愛。我愛那些人們在耳邊低語、夜裡呼喊、留在桌子一角在早晨待人發現，和在出乎意料的時刻，在手機上瞥見的情話。我不想失去這些文字，我想將它們從被寫下或被閱讀的那一刻擷取出來，只留下它們的炫目光彩。

兩年前，我陷入熱戀，手機成了我熱情訊息的祕密天堂。我知道，如果遺忘了這些訊息會很可惜；即使它們是極為私密的東西，但在我內心深處，仍有一股想要分享出來的慾望。於是，我開始定期擷取螢幕畫面。

然而就算存在手機裡，這些回憶依然迷失在其他無可避免累積起來的相片或影片之中。它們需要另一個地方，一個獨一無二、非實體、有參與性又親切和善的地方——因此，我在創建了IG帳號後找到一個特別的小角落。這個地方叫做「孤獨戀者」。

一開始在這裡，只有我「一個人」發表自己與情人的對話，後來發表者變「複數的」，只不過大家都以匿名在這裡展示自己的愛情簡訊，而今，我每天都會收到上百則訊息。

孤獨的戀人，我們這些愛上愛情的戀人，從此再也不孤獨了。

每天，我試著透過這些貼文讓愛情成型的獨特時刻具體化。在那一刻，光是電話鈴響都能讓人感到激動。在那一刻，為了回覆，字詞的選擇從不曾如此重要。在那一刻，每一個新的音節都照亮了所有感官。但我也試著讓愛情——脆弱的愛情——在熄滅與消失的那一瞬間具體化。

此外，我把每一則發表的訊息都視為一種要人去愛、去書寫愛的呼籲，並且抗議兩件事：

● 第一，是「書信已死，已經沒人懂得書寫，而影像已取代文字」這則到處流傳的謠言。因為，每天都有許多訊息流通著，它們孤立在手機的私密性中，以最美麗的方式反駁了謠言。書信未亡，它只是隨著科技帶給我們的新載體演進。或許可以說，它甚至從來不曾如此生氣蓬勃。

● 第二，是「浪漫並不好」的想法。許多年來，受到「欲擒故縱」這句有名成語的啟發，我們都鼓吹距離，抵抗浪漫主義。現在開始，我們必須摧毀假冷漠和禁止情感的帝國。情感既不老派，也不俗氣。我每天在「孤獨戀者」收到的上百則愛情訊

息就是個證明。而聚集起來後，它們給了我一股強烈的動力，我想讓愛情革命的種子萌芽！

在寫下這篇前言時，我已在「孤獨戀者」上發表了518則訊息，而我更收到了上百倍同樣值得發表的訊息！

一則一則接連讀著，我看見這些並非寫來相互回應的訊息間交織出了聯繫。將它們一則接一則排列後，我看到了交流、討論、告白和衝突，彷彿這些簡訊是可以經過安排而形成一整幅拼圖的碎片。

最後，我選擇了278位匿名者所貢獻的訊息，將它們聚集起來後，終於促成這本書的誕生。這是一個由兩位身分不明的主角的文字訊息所構成的愛情故事。

我將這本書視為所有孤獨戀人的相遇之處，他們在不知不覺之中變得團結。他們一起創造了一個由278則匿名對話孕育的偉大愛情故事。儘管我所擁有的美好素材其實可以產生成千上百個不同的故事，但我選擇了這個——我們接下來即將讀到的這個愛情故事。

莫卡娜・歐亭

目　錄

致謝　　　　　　　　　　　　　　　　　　　　　　　003

前言———我想讓愛情革命的種子萌芽！　　　004

第一章———想要我的號碼嗎？　　　　　　　009

第二章———來吧，一起來做件美好的事　　　073

第三章———脫掉衣服，我得跟妳談談　　　　111

第四章———感覺之詩　　　　　　　　　　　155

第五章———我愛（傷害）妳　　　　　　　　187

第六章———灰暗的夜晚　　　　　　　　　　235

第七章———我們相愛、自由且美好的那段時光　239

第八章———沉默的告別　　　　　　　　　　249

第九章———在那個獨一無二的小角落　　　　275

後記———愛情革命　　　　　　　　　　　281

愛情，他以前經歷過。
而她，遇過流逝的愛情。
這本書，是他們的愛情故事。
那個發生在此時此地，
突如其來的愛情故事。

DES AMOURS, IL EN A CONNU AVANT.

ELLE EN A VU PASSER AUSSI.

CE LIVRE, C'EST L'HISTOIRE DE LEUR AMOUR.

CELUI QUI TOMBE COMME UN COUPERET,

ICI ET MAINTENANT.

第一章

想要我的號碼嗎？

TU VEUX
MON
NUMÉRO ?

1月14日

00:45

你想要我的號碼嗎？
不管你想不想要，這是我的號碼。任何緊急狀況／關於我人生的 FAQ ／隨時都可以聯絡。
謝謝今天的晚餐和其他所有。
我很喜歡。
希望很快能再見。

02:22

我不在正常狀態中，我也不想說出不正常的話，但我希望妳能擁有一個從世界成為世界，從夜晚成為夜晚以來最美好的夜晚。

1月15日

1月16日

1月17日

12:00

嗨，今天的陽光真好！走在灑滿陽光的街上時，我想到你，不知道你過得好不好。☼

嘿，真有趣，我也想到妳。一切都很好。
我正在聽薩提[1]的〈氣惱〉，妳聽過了嗎？但真的很不可思議，那天晚上我們剛好有談到他……這是他在蘇珊‧瓦拉東離開他之後寫的曲子。旋律很短，必須連續演奏840次，也就是12或24小時的演奏。我覺得這很精彩，值得分享。

情傷時會做的事都很瘋狂。有一句他寫給蘇珊的話，讓我印象深刻：「我四處所見，都是你的眼。」

對眼神的癡迷。

1.薩提（Erik Satie, 1866-1925），法國作曲家。〈氣惱〉（Vexations）是其1893年的鋼琴作品。

1月18日

1月19日

1月20日

08:05

> 星期二早上，如果只睡了三小時，但還想要保持清醒上班，該怎麼辦？

09:50

喝杯咖啡或果汁。聽很大聲的音樂。繞著辦公室連續走幾圈。再不然，就是放下一切，回家睡覺。

> 我先從咖啡開始了。然後，二十分鐘後，我選了最後那個辦法。

那就好好休息吧！
我最喜歡的午睡音樂是博·史楚默的〈戴斯蒙〉² 。或許對妳有幫助。

2.博·史楚默（Boe Strummer），電子音樂製作人。〈戴斯蒙〉（Desmond）是其2016年的作品。

1月21日

1月22日

00:47

我睡不著。已經一星期了。

你睡了嗎？

沒，還沒睡。

選一個話題，什麼都行。我們來聊。

幻想。

妳幻想過很多次嗎？

對，很多次。

那慾望呢？

我不太了解慾望。

我要裝作不經意才會有這種念頭。

曾經有一次我很想要……那讓我顫抖。

慾望應該來自一個我們一開始對他沒有慾望的人。慾望應該會突然在妳眼前閃現。

它一直在妳沒預料到的地方,而且是從一個應該早已完成的畫面中跳出來。

那個畫面應該跟幻想無關。只有詞語和未知。

那你的幻想呢?

現在我會禁止自己幻想。我剛結束一段滿長的感情,分手時很痛苦,我正試著讓自己回到最重要的事情,還在花時間徹底放下。

1月23日

1月24日

我有點喝多了,這感覺真奇妙,我現在想跟妳分享我聽到、讀到,還有看到的。

有好多「可能的」主題討論。

你的意思是,多得像海一樣多的「可能」?

1月25日

1月26日

23:45

我覺得無聊，然後想到你，就沒那麼無聊了。傳些東西給我，要美麗的，像你一樣美的東西。

00:35

「作為石頭的我是個形象。薩基洛斯將我放在此地。作為一段永恆回憶的不朽標記。」[3]

這是世界上最老的歌。

是一首情歌。

3.取自〈薩基洛斯的墓誌銘〉（Seikilos epitaph），它是世界現存最古老的音樂作品，約出現於西元一或二世紀。

1月27日

1月28日

1月29日

11:12

早上在讀納博可夫[4]，裡面
有好多東西讓我想起你。
那些東西讓我起雞皮疙瘩。
你要我傳給你嗎？

好啊，我想看。

但我先提醒你：
那很浪漫哦。

太好了。

你這麼覺得？

以我們現在所處的階段來看。

我昨天晚上也想了一
下，因為我一直失眠。

想什麼？

我們現在所處的階段。

「就因為要用絕佳的語言跟你說話——如同對那些已經不在的人說話那樣——你懂的，這語言會因為用字的純粹、輕盈，以及精準的語氣而精彩絕倫……但是我，竟然如此口拙。因為你會被惡劣的暱稱傷害，因為你，我美麗善良的女孩，就像海水一樣，如此動聽。」[5]

我不知道該說什麼。

我是一個熱愛愛情的人。妳知道嗎，我真正想做的，也是寫信給妳。

多美的想法啊！但依照我們傳訊息的節奏，我怕信件或許達不到這惡魔機器的驚人速度。我們得彌補那麼多年的時間，那麼多沒有告訴對方的事。

沒錯，有時候，我會問自己要彌補的是不是太多了，但我又馬上告訴自己：何謂「太多」？界限在哪裡？其實「太多」這件事並不存在啊。

---

4. 納博可夫（Vladimir Nabokov, 1899-1977），俄裔美籍作家。知名作品為《蘿莉塔》（Lolita）。
5. 節自納博可夫寫於1923年的《給薇拉的信》。

我不想給你造
成任何困擾。

別擔心。祝妳有個美好的一天。

1月30日

23:05

這絕對是我收到過最美的空白。

妳好嗎？在做什麼？

我在讀福樓拜的情書。美麗又簡單。你看這句：

「這個冬天，我發現我愛你，我感受到你那時的焦慮，它們就像我的焦慮一樣。從那時起，你就在那個獨一無二的小角落裡……」

太棒了。
那個書信和紙張的年代。

另外，我也在想，網路如今對我們的心做了什麼。

我想，它讓心停滯不前。

它也把心丟入火海。

但它也會讓心復甦。

愛情還是很脆弱的。它來得突然，走得也突然，像清晨的曙光。

是否正是這種脆弱，讓愛情令人害怕卻又感到美好？

很有可能。因為我們知道愛情的誕生就如同它的消亡一樣猛烈。就像我們射出了一枝箭。

我們常談到邱比特射出他的箭，命中我們的心，比較少說到他拔箭的那一刻。

那枝箭是雙面刃：它既帶來生氣，也讓人死去。

1月31日

16:54

今晚我想和你喝酒。

不過這個提議似乎
有點隨便，會嗎？

完全不會。
我們還是可以隨時建立防線啊。

不能讓一切變得不
可收拾。

一定會變成那樣的。就跟在汽
油桶旁邊玩火一樣，肯定會的。

今晚我會待在家。
你隨時可以來。

我動作很快，不會有人發現。

23:30

你讓我的夜晚發光。

我覺得好厲害，我們沒有跨越任何界線。閉上妳的小眼睛，也關上這段附帶的時光。妳和我啊，我們只活在人生附帶的一段過程中。我覺得這很美，很值得尊敬。

你真棒。
我覺得自己浪費了好多年生命，沒有早點遇見你。

2月1日

這似乎很瘋狂，但我好希望
能跟妳一起醒來。

我也好希望這是可能的。

更何況，自從我們相遇後，
妳總是讓我心動。儘管我努
力讓自己的心靜如止水，但
就是沒辦法。

你昨天晚上敢來，我很
感動耶。
我知道這對你來說不容
易，但我真的很高興。

昨晚我就像個滿足過頭的傻
子一樣上床睡覺。
這情況讓我既快樂又興奮，
但有時也讓我害怕。

真的有很多不清不楚
的事情混在一起了。

我不知道我們能走多遠。妳
就像是在錯誤時刻出現的，
讓人怦然心動的一道光。
矛盾的是，一切也因此而變
得美好。

愉快存在等待中。
存在克制中。
存在情感中。

妳知道嗎，我已經很久沒有
像這樣的邂逅了。這很少發
生在我身上，所以，我試著
遵守對自己做出的承諾，在
我現在的生活中，試著用最
大的智慧面對這件事。

這是必要的。

我保證，我會克制
自己，不在半夜跑
去你家。

不，千萬不要，我希望每天
晚上都能這樣。

2月2日

22:55

妳的小腿肌肉一定變得越來越結實了吧……我一直這樣想著妳。

每次你傳訊息來,我就忍不住露出傻笑。開始有點煩了耶……

2月3日

22:10

● ● ●

22:50

我輸了，我想跟你說：
我好想去找你。

然後，我還有好多事
想跟你說。

01:05

別管那些禮節了吧！妳想跟
我說什麼？

我想說，今天晚上，我
的感覺又更強烈了⋯⋯

你也是嗎？

我一天比一天更強烈。

2月4日

2月5日

有時候，我有好多話想跟妳說，但有時候，卻什麼話都說不出來，再也不知道該怎麼表達自己。

啊？你覺得我們兩個之間真的有這麼多共同點嗎？我們竟然可以這麼直接地說這些話……我們還花好多時間談論，享受談話，為此開心、感動……這些都是可能的嗎？突然發現自己因為別人的話語而獲得巨大的快樂，有時強烈到難以用文字記錄下來，這是有可能的嗎？如果這些都真的發生了，那實在太不可思議了。

2月6日

21:40

今天晚上，我讀了很多溫柔的東西，特別是納博可夫的一封信。沒錯，又是他，對我來說，他就是愛的定義：「我不會隱瞞這件事：該怎麼說，我已經太習於不被理解了，因此在我們相遇之始，我覺得那是場玩笑，是狂歡節的誘餌……然後……但有一些難以啟齒的事，因為害怕與詞語的接觸會抹滅掉它們美好的花粉……你真惹人憐愛……沒錯，我需要你，我的童話。因為你是唯一能和我一起談論雲的漸層變化和想法之歌的人，是唯一一個我能告訴她，今天，出發去工作時，我直視一朵大向日葵，而它則以所有種子對我微笑的那個人。」[6]
我想跟你分享這段話。

---

6. 節錄自《給薇拉的信》。

我說不出話來了。
愛情讓妳煩惱嗎？

非常。

我了解。愛情值得我們煩
惱。它是最神祕也最令人迷
惑的事。

也是最美的事。

2月7日

我可以跟你說個祕密嗎？

當然。

你好帥。

妳不該離開的。在這間酒吧與妳不期而遇真的太棒了！

你這麼想？

對。我真希望妳留下來。

但快樂存在等待中。

而等待又是幻想。

幻想是生命中最美好的。

我不確定。

絕望的等待是徒勞的。
太長久的幻想並不好。

必須要付諸行動，這很重要。

2月8日

你今晚有什麼計畫？

不知道，但我現在想要放鬆。

我想要每個晚上都跟昨天晚上一樣，沒有預期、驚喜地遇見妳。

每晚都跟昨晚一樣，而且妳沒離開。

見你越多次，我就越想見你。

光這樣一絲絲的念頭掠過，就讓我現在心煩意亂。

我也一樣。但已經很久了。好吧，我說的好像我們已經認識很久了，不過其實只有幾個星期。但對我來說，幾乎是好幾輩子了。

幾乎就像這樣，不是嗎？時間那麼相對。

對，這又是一件我不能接受的事，這又是一個很人類的觀念。

2月9日

你一小時後要做什麼？這或許
有點大膽，但我還挺喜歡（再）
去見你的念頭。而且，今天是
星期天。還有，我心情不好。

來找我吧！來慶祝妳的大膽
和悶悶不樂，也慶祝我今天
的自給自足結束了。

2月10日

09:06

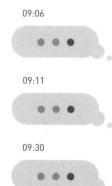

09:11

09:30

10:00

謝謝你的培根和玫瑰，也謝謝你為我交換了你的自給自足。🖤

為了和妳共度週日，沒有什麼是我不能拿來交換的。吻妳。🖤

2月11日

好難過啊。因為操作錯誤，
把我們的對話全都刪掉了。

我也全部刪除好了，以表示
支持。我們從零開始吧。

太傷心了。
我還想依靠妳的記憶呢。

一定得重新開始嗎？

不必，但用「稍縱即逝」
的概念來面對也不錯。

而且，重要的是我們
曾經讀過那些訊息。

2月12日

08:45

我一直夢到妳。

如果我們一直生活在一起呢？

2月13日

19:30

當我不喜歡你身邊有其他人時，我就變得更加憤世嫉俗，但也變得不那麼鬱悶。

來找我吧！讓我們緊緊擁抱，心滿意足地等著世界末日。

20:15

我在你家樓下。

2月14日

17:11

妳知道嗎，是妳的悲傷
讓妳變得無比美麗。

昨天的我：🥀

你：💧

今天的我：🌹

2月15日

12:00

為什麼妳在我腦海中度過那麼多時間？

因為那裡天氣一直很好。

2月16日

16:40

沒有內褲的生活很美好。

我今天想煩你。

來煩我！

包覆我！

弄濕我！

2月17日

23:02

太糟糕了，無論我再怎麼因為這個自己沒辦法真正掌控的狀況而感到罪惡、折磨自己的精神，我還是沒辦法從腦海中移除我想對你做的那些放肆的事。除了想著你的雙手在我的大腿上，你的牙齒深咬著我的肩膀外，我沒辦法想別的事情。而且你一定想不到，這每一次都讓我渾身發燙。

妳讓我最虔敬神聖的想法走偏了。

我喜歡被醉意佔據的那些時候，可以不必思考就按下「送出」。妳應該試試看。

我想傳給你會被道德譴責的照片。會讓你全身通紅的東西。

妳可以把它們當作預告
傳給我。我準備好了。

● ● ●

妳會讓我的心
亂七八糟。

2月18日

19:30

我們今晚來慶祝？

我覺得跟妳共舞的想法很不錯。

我加入。

03:28

妳在哪？

我回家了，我有點累。晚安。

怎麼了嗎？

2月19日

12:00

● ● ●

我知道有什麼事情不太
對勁……我沒搞錯吧？

14:05

那不太重要，而且我也
說不清楚。

我無法相信妳有什麼事
說不清楚。

昨天因為想到要共度一晚，我非常開心。你又為我揭露了從來不曾想像過的人生面向，也就是無憂無慮的豐裕、沒有極限的自由和不知倦怠的舞動。雖然不容易，但我要誠實地說：當我看到你跟那個女生待在一起那麼久，我感到痛苦。我知道我們不是真的在交往，我也沒有資格對你說這些，所以我寧願回家，好好想清楚。這完全不是指責，但對於我們關係的運作方式，我有所質疑。我了解，在似乎相當痛苦的分手之後，你需要時間。但是，依照我們對彼此的吸引力，還有我們會一整天都在寫給對方的溫柔文字，現在這一切變得越來越難處理了。

我再也不知道該把自己擺在哪個位置了。

相信我，我也很疑惑。我跟那個女生之間什麼都沒發生，我一點都不想要她。妳寫給我的這些話讓我很震驚。有時候，我會希望和妳一起全心全意經歷我感受到的一切。但在此時，我又覺得似乎太早了，我覺得自己好像還沒準備好要重新開始。

我希望我們永遠不會因為這一切而太痛苦、太灰心，以致於停止交談。我想那會讓我非常難過。

我知道這不是容易處理的狀況。

即使我試著要求自己，還是克制不了自己因為一天比一天更掛念妳，而感到心煩意亂。所有和妳一起經歷的不起眼小事都變成了大事。儘管我假裝抵抗，但我想我還是喜歡妳馴服我的方式。

2月20日

00:40

我好想你。

我也想妳。妳不在這裡
時，我的夜晚是悲傷的。

2月21日

妳不覺得我們社會對伴侶和愛情的看法非常讓人失望嗎？

我從來沒有真的相信過這些。

哪些？是伴侶嗎？

我從來沒出軌過，因為我知道那會讓我身旁的人痛苦。但我不懂，怎麼有人可以拒絕像愛情這麼美好的事。
我一直都希望我的另一半是自由的，因為別人的身體並不屬於我們，連他的心靈都一樣。就這麼簡單。

我也覺得。我們完全可以把一切分清楚，和不同的人經歷不同的事。
但在以前的感情中，我從來沒成功過。

常常都是這樣啊。
我贊成自由的愛情。但這不代表不會有嫉妒，它會存在，那是正常的。但我覺得到頭來，或許擺脫這一切的生活還比較健康。

但與此同時，我覺得是獨佔權會讓愛情變得稀有而珍貴，不是嗎？

我好希望有一天可以和你一起體驗更多愛情。

我也是。不過，光是為了我們的相遇，而且可以一起分享許多事情，就足以感到幸福了吧。誰知道，說不定有一天，我們會準備好完全自由地來體驗對彼此的感受。

嗯。你讓我感覺很舒服。

這真的是唯一重要的事。
我不想讓你痛苦。妳對
我來說已經很重要了，
這其實還挺難以置信的，
但妳真的是少數幾個會
讓我這麼常想起的人。

你怎麼可能會讓我痛苦？

我不知道，我希望妳知
道妳對我來說是重要的。

23:04

妳睡了嗎？

還沒。

我很想要妳和我一起在車的後座，進行一場穿越夜晚的長途旅程。

我只是想感覺妳的頭靠在我的肩膀上。

我只允許自己和你一起做這件事。

昨天，我們兩個短暫的獨處了。每一次，我都會心跳加速，覺得自己再也不知道該如何自處。

我也有同樣的感覺。那是克制力最美妙之處。

慾望的強烈就在那之中。

它以這種方式而不朽。
但慾望是能很快消逝的，
它非常脆弱。

我不知道會不會有一天，
妳和我不再認同對方。

我就是真愛。你為什麼還
想到更遠的地方尋找？

呃……如果有一天我沒選
擇妳，請打我一巴掌。

2月22日

16:00

如果我們全心全意去感覺彼此的吸引力，你覺得它還會一樣強烈嗎？

會。我有預感。

無論發生什麼，對我來說很重要的是，我們能夠繼續當彼此重要的人。

我想，你已經在我心中深刻留下些什麼了，而它們還不打算停止。

如果有一天，這樣的情況讓妳痛苦或不合妳意，妳保證會告訴我嗎？

我保證，你可以放心。
目前這情況還沒讓我太痛苦，只是有些沮喪，雖然我喜歡這段如此特別的關係。這種感覺既複雜又困惑不明。

我們要維持這種能輕易向
彼此訴說的關係，好嗎？

昨天談過之後，這一切又
更加真實了。

2月23日

之前，我覺得自己一直困在撞
牆期，而妳出現後，就好像有
人替我打開了每一扇窗、每一
道門，空氣終於湧入我所在的
那道無盡長廊，我終於能夠呼
吸，見到遠處的天空。這就是
妳對我的影響。

在我心裡，只要想到你，
就總是夏天（特別是當
我收到這樣的訊息時）。

2月24日

10:00

別拖太久。

來讓我再次瘋狂吧。

我願意用我的王國交換在
妳身邊的一瞬間。

2月25日

22:40

妳可能會覺得這很蠢，
不過，妳是那個讓我學
會用左手刷牙，好一邊
回妳訊息的人。

我正在看風景、看飛機、
收到你這則訊息並且認真
秒回……這麼簡單的時
刻，竟感到好滿足，真不
可思議啊，有一種置身在
歸屬之地的感覺。

詞語能讓人改頭換面，臉
頰上的輕吻也可能比任何
一個激情的熱吻更為珍
貴，真是不可思議。

機遇的遊戲有時候可以
不弄錯，真是不可思議。

2月26日

01:10

我看見妳了。

• • • •

轉過來。

05:38

我覺得你真的好耀眼，每次我們不期而遇，都會讓我覺得不可思議，你整個人散發出一種獨特的俊美。今晚在那間夜店裡的你，好帥哦～不過，我是個壞女孩，雖然沒那麼常出去玩，但一旦出去了，就會變成狂熱的女人，而每次放你走都讓我心煩意亂。

在妳注意到我之前，我已經注視你一小時了。我看著妳在人群之中起舞，和妳的裙子翩翩轉動。我覺得燈光好像只照在妳身上。喝著威士忌的我很可悲，像個美麗熟女的妳很詩意。讓妳離開或許很蠢，但我真的好希望我們能一起度過一個會吵醒鄰居的夜晚。

沒有你的 after，就像 before。

打給我（趕快）。

過來（快點）。

我肚子痛了（已經）。

把你現在的位置傳給我（立刻）。

見鬼吧，耐心點！

我來了（馬上）。

2月27日

10:00

我離開時大力地關上了門。我還在階梯跳上跳下。

現在，我走在路上，傻笑著，想著你。

知道妳想到我會笑讓我微笑，想到妳也讓我微笑。

終於可以告訴妳了：妳的雙脣引人犯罪。

可我要告訴你：我的舌頭舔過自己的嘴脣時，好像還能感受到你的嘴脣……

妳知道嗎，最近這幾天，我常
常想著妳光亮肌膚的香氣，
還有，如果我得用我的唇尖讓
它顫抖時，它會是什麼滋味。
昨天晚上終於實現了。那比所
有我能想像的都更美好。說真
的，吻妳是我生命中最不可思
議的一件事。

第二章

來吧，一起來做件美好的事

VIENS, ON CONSTRUIT
QUELQUE CHOSE DE BEAU

2月28日

21:40

你覺得我們上次上床
怎麼樣？

我有個提議：我們要
當彼此的繆思。

01:59

妳打算什麼時候讓我
徹夜不睡？

你的酒窩愛撫我的大
腿內側時。

075

2月29日

我想要把你的味道錄在我的 iPhone 裡。

我啊，我想要妳在我的沙發上，我說妳答，妳說我笑，妳喜歡音樂，我向妳訴說，妳吻我，我抱妳，妳流汗，我呼吸。

我正光著腳在星空下抽菸。我想著你，想你的頭髮，想你的香水。我反覆讀著你的訊息。好希望你在這裡，讓我可以在夜晚的溫柔中吻你。

我在鄉下要待個幾天。我幻想著你來找我，可是這裡離你很遠。

如果可以，我會到天
涯海角找妳。

就算是這裡？

今晚，我想挑逗你。

小心喔，當妳開始玩這招，就
得注意別讓自己慾火焚身。

如果到頭來我就只期待那樣呢？慾火
焚身，被你能給我的完全燃燒殆盡。

4小時後見！

3月1日

3月2日

3月3日

你知道嗎，我又想起我們共度的那兩天，想起你點燃的菸，想起我裸身躺在沙發上，想起你不久之前給我的高潮。說實話，我不太知道該想什麼了，我什麼都想，什麼都不想，或許只想著注視我雙眼時的你的雙眼。

11:45

我覺得飄飄然。在雨中騎著單車時我在唱歌，整理書時我在唱歌。我的臉上掛著傻笑，腰間有一股灼熱感。那兩天好簡單卻很美好，我們吃飯、喝蘋果酒、隨便地刷牙、開始看電影、做愛、聊天、歡笑、互相按摩、看動畫、再次吃飯、彼此對看、繼續歡笑、盡情擁吻，然後遲遲才入睡。

對了，你把睫毛和頭髮忘在我床上
了。你應該也把自己忘在這裡的。

文字是有生命的，而當妳使
用時，它們會優美地起舞。
我貪婪地吞食著妳的訊息。
當我自己的想法難以清晰
時，我不會要求妳有清晰的
想法。自由很美好，我也很
享受自己在它的懷抱裡被輕
哄撫慰。有時候，我也會在
那裡稍微迷失。有一天，我
們或許可以說說自己的事。

跟你共度這一段時間真的很
棒，不過，讓我們緩一下：我
很喜歡你。我的意思是，真的
很喜歡。不只有一點點，不只
是就這樣。你讓我全心全意地
喜歡。而我想我真的開始因為
你不屬於我而痛苦了。你也讓
我很惶恐，但最重要的是，我
喜歡你，勝過其他人，勝過規
範和道德。我喜歡你，因為你
讓我對你有興趣到再也找不出
時間讓自己有趣。

妳佔滿了我的心思，我沒辦法看書，還在路上闖了一次紅燈。我也喜歡妳（甚至太喜歡了）。在生命中，我們花時間與人相遇。有好人、有爛人，有妳只會對他說一次「早安」的人，但也有那些從一開始就很重要的人。一個和他一拍即合，馬上就有化學變化的人，有一種好像一直認識對方的連結。妳在那個人身上找到自己。而當妳明白妳們對人生的看法有多麼接近時，那簡直會讓人害怕。對我來說，這樣的邂逅在好幾個星期前發生，在過去這兩天確認了。而現在，我再也不能沒有妳。

「你在那個獨一無二的小角落裡。」

3月4日

17 :00

因為這幾天發生的種種，我在思考我們兩個是什麼關係。我們要往哪裡走？
我不知道你的思緒進展到哪個階段了，覺得你好像害怕提起這個主題。但或許我們現在應該開始討論了？

我想要隨遇而安，不去多想。實在很難投射自己的想法，很難給我們這樣的關係一個標籤。我接受我們每天經歷中最美好的部分，也試著不去理性探討發生在我們身上的事。

妳怎麼想？

目前，我可以接受這樣。

3月5日

「性愛跟生活都一樣順利。」

「我是臨場發揮的類型。」

「我喜歡這種女人。」

「那我們應該會比預期的更合得來。」

「如果還能發展成親密關係，那不是很珍貴嗎？」

「當然。」

「好，我們是要撲向彼此，導致身上衣物的解放和撕裂，或者，一直繼續假裝文明？」

「少幼稚了。」

「妳這樣說話好美，對妳雙脣
的渴望迷戀住我了。」

3月6日

22:02

你可以跟我說些美好的事嗎？
我知道這樣要求並不好，失去
了自發性，但我需要笑一下，
需要讀一些美好的東西。因為
我最純粹的笑容，來自於你用
各種可能的方式引發——那就
像是個定理，事情就是如此。
那會療癒我的心。

我需要妳的笑容來
交換我的笑容。

3月7日

23:30

（我又想要妳了！……我之前一直想著跟妳做愛，想再見到妳、愛撫妳……但現在……這個禮拜已經太離譜、太過度了。一切都變得危險了。）

我喜歡危險地過活。

3月8日

00:40

現在有妳在我的生命裡，感覺真的很好。

但或許有點太早……或太晚。

又或許正是對的時候。

3月9日

12:05

< 3

< 3 < 4 < 5，直到無限。

你怎麼能要我不
瘋狂地愛上你？

3月10日

09:02

今天早上我唯一想待的地方，
是妳的大腿之間。

請你明白，在我的沙發上、
我的床上、我的大腿間和我
的生命中，你的位置依然溫
熱。我不希望你讓它冷卻。

3月11日

16:54

我已經在想妳了。

我一直都在想你。

00:36

妳睡了嗎？

沒，還沒。

我有事想告訴妳。

洗耳恭聽。

我們的相遇幾乎是不可能發
生、難以想像的。這樣的互動
打亂了我的生活，我就像是自
己的影子，狀況大不如前；
除非，變成影子的是我的過
去……我已經搞不清楚了。妳
推翻了我的確信和依據，讓我
的頭腦與心彼此交鋒，擾亂了
我的身體與自我。妳強化了我
的視線，也讓我流淚；妳讓我
變得脆弱，又如此渴望未來；
妳讓我不得不愛自己，想要更
加疼惜妳。妳讓我有了生氣，
又讓我覺得冷，妳讓我身體裡
的那個男人激動震顫。我不想
再等了。我一直在內心深處拚
命尋找能治癒過去的答案，卻
沒發現其實我已經痊癒了。妳
治癒了我。

讀這些真讓人情緒激動……
你讓我的心跳得如此激烈，
我已經無法思考了！

不過，我也必須告訴你一件事，它就像是個不速之客……現在，必須把我們之間的事弄清楚。

三個月後我就要出國了。我有一個不能錯過的機會

02:30

覺得妳剛剛在手裡握碎了我的心。

我覺得很扯，我們互相傳了這麼多訊息，妳卻找不到任何時機告訴我妳出國的計畫。今天晚上有太多東西要消化了，我想先離線，我們之後再談吧。

真的很抱歉。我不知道該在什麼時候、該如何告訴你，一直在想會不會太早，會不會太晚？之前，我們之間並沒有真正開始。我知道我們傳了很多訊息，但我唯一不想做的，就是拒絕你。

或許你會覺得這很扯，但我想看看我們可以一起走多遠，想看看我們可以經歷多少個第一次、第二次和第十五次。

或許一直到我離開前，或甚至在我離開之後，誰知道呢……你決定現在要過得自由自在，在你的心靈和精神中解放。我想和你一起體驗這份自由。

但這是一份有期限的自由。

我們可以明天見面討論這件事嗎？

3月12日

20:48

00:23

14:40

09:30

23:58

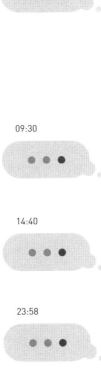

3月13日

我曾想像我們之間的一切，就
如同再清楚不過的事實：是一
場想像不到的邂逅，它讓慾望
更強烈，而如果不去相信它，
理智就會變得瘋狂。現在你準
備好了，我無法放棄我們之
間……

3月14日

23:46

你的沉默讓我發瘋。跟我說話吧，寫訊息給我。

3月15日

03:05

3月16日

12:05

我只想知道你過得怎麼樣。至少告訴我這件事吧！

15:00

我的心情就像四○年代黑色電影氛圍裡，讓白考兒搭上蒸氣火車離開的鮑嘉一樣。在我腦海中為妳保留的房間裡，是一團無名的混亂。我因為妳甚至沒告訴我要離開而感到非常受傷，但同時，也因為想到我們可以經歷一些什麼而興奮。不過這兩者是互相矛盾的。

既然我已經說了要離開，所以，接下來要告訴你的話可能會顯得離譜。但在這幾天的沉默中，我只想著這件事。

拜託你，我們要加快速度勇往直前，我想跟你談一場戀愛！我知道這不簡單又出乎意料，但你也知道，再三個月我就要離開了，三個月後或許就永遠不會再有「我們」了。以往，我會投入這種無止境的誘惑遊戲，但現在我不想玩了。把所有的籌碼收起來吧，你已經贏了這一局！「我們」已經贏了這一局！

今晚，我等著你牽起我的手，等著你帶我起舞，等著我們笑到不能自已，等著我們推倒所有擋在路上的阻礙物，等著一切開始。拜託你，我們可以閃耀奪目。

還有，我真的不希望我們在彼此相愛前就已經心碎了。

我沒有冒犯妳或指責妳的意思，但我認為是妳帶著我的心離開，而這幾天又把它還給我了。作為這次綁架的交換，我想給妳贖金。

什麼樣的贖金？什麼都可以。

整晚跟隨妳身體節奏的我的身體。

🖤你是最棒的，你知道嗎！今晚來我家吧。我替你準備晚餐。

21:40

對不起，我突然有事，沒辦法過去了。

● ● ●

我從來沒遇過這麼難捉摸的人。

3月17日

02:52

我明天傍晚大概五點
左右拿東西去給妳。

09:00

我會在,跟冷掉的晚餐一起,
在我家樓下等你。

17:20

跟你共度十分鐘,就已經讓我
忘記這一整天的其他種種。你
的紙條在我的口袋裡,我不知
道我該跑著回家,還是不情不
願地回去。

17:50

你簡單完美的幾句話讓我感動
落淚。我會把這張小紙條收藏
在我人生寶物的抽屜裡。

17:20

妳知道嗎，我害怕。這有點像是一顆隨時會爆炸的不定時炸彈。可能是明天、一個月後、三個月後……尤其是三個月後，但或許更慢，或許更快。應該要好好把握上天賜予我們一起度過的時間，不必知道期限。

只有跟妳在一起後，我才能這麼地做自己。

有些日子有意義，有些日子沒意義。但最近這幾天我發現，妳不在時，我整個人生都沒有意義。

我確定妳讓我改變了想法。我不想
離開這個世界，我希望我們兩人一
起去發現、利用它。妳改變了我，我
也喜歡這樣。我喜歡這股妳自己根本
沒意識到，卻對我起了作用、對我們
都起了作用的力量。我喜歡就只是觀
察妳……我喜歡看妳閉上雙眼，然後
忘了我自己……忘了一切。我喜歡自
己是這一切的觀眾。我喜歡看著妳生
活，跟周遭的人打交道。
這一切都讓我著迷。遇到妳之前，我
在人群中隻身一人，害怕幸福，害怕
相信美好的事物。我在我的悲傷中消
沉，我躲避在自己的悲傷中，那裡舒
適又令人安心。然後，妳出現了。

所以，即使這會很難，我希望我們以
最濃烈的方式一起度過剩下的三個月。

妳是如此令人難以置信的女孩，又讓
我覺得如此幸福。即使只是一趟短暫
的旅程，我還是會閉上眼睛和妳一起
上車。

我覺得最近這幾年，在我心中以各式各樣的型態累積了好多詩意。我覺得沮喪，因為不知道該拿它怎麼辦，不知道該如何表達它、如何使用它、如何讓它面對我真實的人生。現在，我知道了。這些年都是為了我們的相遇做準備。

我不知道該如何感謝你為我生命帶來的所有喜悅。

我要向妳坦白。遇見妳的那個晚上我就臣服了。就像個情竇初開的人，從我敢直視妳眼睛的那一刻開始，我就陷進去了，而妳的目光早已平靜地盯著我好幾分鐘了。沒錯，妳跟我說話了。但我希望妳能原諒我，因為我記不起完整的內容了。我那時忙著剖析妳瞳孔的結構和妳嘴脣的形狀。那時讓妳離開或許有點蠢，即便那只是第一晚。

你今晚要來我家吃飯嗎？這次真的
要來，好嗎？
而且我保證，我不會讓你走。🖤

我八點半一定到。我也保證。

3月18日

昨晚，我真的有了在一段過於漫長的旅程後，抵達目的地的感覺。我因為疲憊和懷抱希望而哭了一下子。你成了我的海岸、我的港灣和我的明天。

我不知道該如何感謝你，但我保證會全力嘗試，好讓你有相同的感受。一切都會順利的，也會是美好的。

我身上還帶著妳的味道。我的皮膚隨著每一個動作，命令全身的感官去尋找妳，無論妳在哪裡。去剝下妳的衣服，跪在妳的面前，將我的頭沉入妳的雙腿間。去盡可能地跟妳做愛，再次讓妳覆蓋我，帶妳認識我身體的每個角落。我正在經歷一場清醒的愛情之夢。慾望的風暴怒吼著妳的名字，而在颱風眼中，我忘了煩惱的存在。

3月19日

19:30

我為妳的小腦袋瘋狂。

沒有妳，我什麼都不是了。

3月20日

21:02

我在想我們兩個現在算是
什麼關係。

來吧，我們來做一件美好的事。

第三章

脫掉衣服，
我得跟妳談談

DÉSHABILLE-TOI,
IL FAUT QUE JE TE PARLE

4月21日

18:40

你再告訴我你今天晚上想要什麼。

> 首先，我想要你。

好神奇，妳竟然提到這個，因為我一醒來，第一個想到的也是妳的身體。

> （挑逗的笑容）

（盯著看）

> （反覆輕咬嘴脣）

（手撫上妳的腰）

> （閉上眼睛，雙脣微開）

脫光衣服在床上等我，打開妳的腿，我已經在要讓妳高潮的路上了。

4月22日

20:02

該死，我以前都沒發現。

發現什麼？

在我們的愛中，太陽永遠
不會西沉。

4月23日

我喜歡妳梳得完美，卻在我的雙腿間被我弄亂的頭髮。

我最美的貼身衣物，就是你的雙手。

吻妳。一隻手在妳的毛衣裡，另一隻手在妳的裙子下。妳的心緊緊靠著我的心。

今晚見，我的愛。🌹

4月24日

05:02

妳在哪？

> 我好難過好生氣，
> 決定回家了。

● ● ●

拜託妳接電話……我真的
需要搞清楚。

05:02

> 或許是我弄錯了，但我覺得你的
> 行為是不尊重我，真希望你有發
> 覺。我們到底是開放式或獨佔式
> 關係，什麼都沒說好，我還以為
> 對我們來說是很清楚的。今天晚
> 上，你真的傷害到我了！

不得不說，我真的沒搞懂。我只是跟她聊了很久，沒有多想。沒有什麼會侮辱到妳的地方。我不懂妳為什麼會有這種反應。

不管你們之間有沒有發生什麼，你看她的眼神深深傷害了我。你對我的冷淡也讓我痛苦。我不知道該怎麼想了。想到我說過那些關於非獨佔式愛情的話，就覺得自己很可笑，我根本還沒達到和自己想法一樣的高度。

聽我說，首先我希望妳知道的是，我絕對不想傷害妳。如果妳覺得受傷，真的要請妳原諒我。我只想跟妳在一起。我不想讓妳痛苦，從來沒想過。關於非獨佔式的愛情，我知道我們一起談了很多。但妳知道嗎，對妳，我也不覺得自己做得到。

傳訊息談這件事實在很荒謬。
我可以去妳家嗎？我不希望我
們的關係因為這件事而停止，
我想要當面談談。

我不想。

4月25日

昨天我極力想要補救時，傷害了妳卻不自知。我實在不該火上加油，而且更諷刺的是，我竟然破壞了我們所擁有的美好一切。妳是光，是我等待的光，是每個人都在等待的光，妳是繆思，是愛情，是愛情中的朋友，是一支永恆的舞，是風中的髮絲，是灼熱的雙腳，所以求求妳，原諒我吧，我的愛，因為我沒想過要傷害妳。如果我之前太笨拙或表現得太無關緊要，請原諒我。

我不知道該說什麼。

其實我會擔心妳要說什麼，但我又不希望妳不說話，妳懂嗎？

我昨晚上太誇張了，說的話都
超出原本的想法，我好怕。而
且我覺得，這直接點出了我們
不可能再一直忽視下去的某個
問題。
我真的需要知道我們兩個是什
麼關係，我們是不是真的在一
起。或說，這只是一次被我們
延長了幾個月的怦然心動，沒
有承諾。因為我就要離開了，
我想，如果不把情況搞清楚，
我沒辦法繼續下去。

16：10

我一直希望我們是獨佔對方
的，對此，我從來沒有質疑過。
即使我們從沒談過，即使妳必
須離開。
我希望妳知道我是妳的。我希
望我們屬於彼此。雖然妳沒有
意識到，但自從妳進入我的生
命後，我就覺得打從一開始就
是妳……

我也是你的。只屬於
你。完全屬於你。

16：40

我們今晚見面談談吧。
我想我真的很需要。

4月26日

13:00

昨晚我沒能告訴你，因為我全身幾乎動彈不得，但我愛你。我愛你，從你眼睛下面的痣，到你雙脣交連之處。從你狂放的頭髮，到屬於我的夜晚的你的午夜旅館。從你的敏感到你的感性。我在你所有的關懷中愛你。我愛你，因為你學會了愛我混亂狀況的高低起伏；因為你給了每一瞬間只有我們才懂的音樂性；因為即使其他人是我們的全部，我有時感覺我們兩人可以是無限的。

13:50

我非常感動。反覆重讀妳的訊息，無止境地。我愛妳，我不再害怕把它說出來、寫出來了。

還有，我愛妳的身體，但我更
愛妳的頭腦。當我看著妳在我
身旁睡著時，世界變得美麗，
我也不再悲傷了。
我愛妳，妳是我的生命。我
發誓，妳是我的生命。那會
是妳，永遠都會是妳。準備好
妳的行李，來我家住幾天，我
會幫妳搬行李。我愛妳。想到
妳，我無法停止傻笑。

那道笑容……
是我生命的目標。

4月27日

4月28日

16:40

我真的好愛你。在電話裡聽你說話，讓我心裡有好多小小的粉紅泡泡。

4月29日

4月30日

11:20

我真的不知道我們之間會變得
怎麼樣。但我可以告訴妳,它
讓水花四濺。它滾燙熾熱,芳
香甜美,溫暖柔和。它留下抓
痕又出汗,既嘈雜又安靜。它
是夏天也是冬天。它混亂失序,
如此脆弱卻又如此有力。就像
妳在半夢半醒時,平靜但警覺。
簡單。自發。迷醉。自由。

這是我讀過對愛情
最美的定義。

5月1日

21:00

你睡了嗎？

沒有。妳在幹嘛？

我的手指現在正開心地在做兩件事：
- 在下面到處遊走。
- 假裝是你的手。

你在哪？

在床上，蓋著棉被。

待在那裡，把燈光調暗。我巴不得讓你弄得神魂顛倒。

我被這個想法搞得快瘋了。

我想要妳抓我。

我想要你咬我。

想要妳讓我感覺到妳
喜歡我做的事。

繼續。

我喜歡妳的手求我停
下來，但妳的眼神卻
告訴我相反的話。

我想要駭入你最細微
的神經末梢。

想將妳完全包覆在我
的身下，同時讓自己
沉溺在妳的身體中。

我們做愛的時候，你
讓我想變回動物。

想讓妳隨著我奮力挺腰，連自己的名字
都忘記。然後，用我的嘴脣愛撫妳的耳
朵，輕喚妳的名字，讓妳再活過來。

我想把妳綁起來，撩起妳的慾望，直到妳跟我求饒。

我要在哪裡簽名？

在我的皮膚上。

用妳的舌頭。

在被慾望折磨至死前，我要放下手機了。

給你光滑美麗、啟發我不純潔念頭的肌膚溫柔的吻。

祝妳和分開妳肚臍與恥骨的那完美十三公分有個美好夜晚。

5月2日

我的愛，我跳上火車了。我愛你。

旅途愉快。🌹

我在讀一本漫畫，它讓我想到妳。我透過妳的雙眼發現自己。

我走在一條與妳平行的線上。

為了不踩到對方，我們永遠不會交會，但彼此道路間的距離卻是牽手、擁抱、做愛和無須言語凝視對方的完美距離。

我們在彼此身旁相愛，很近。

就待在應當的位置上。

5月3日

18:15

我想念妳的才華。

還有妳的小屁股。

我也想你。光是這樣分開就已經太久了。我不敢想像我真的離開了會怎麼樣。

現在最好不要去想。
好好享受居家時光吧。 🖤

5月4日

11:10

這裡沒有網路,所以我傳這則訊息告訴你,儘管如此,我愛你,不管有沒有網路都不會改變。

我受夠了。我想妳。我瘋了。越見不到妳,我就越瘋狂。

請你記住:喜悅在等待之中。

耐心等待必有收穫。我從來不曾像等著妳進入我生命時那麼有耐心。所以,我還可以再多等一下。我們其實也可能二十年之後才會相遇,我們真的已經做得不錯了!

23:38

在永無止境的晚餐後，我終於上床了。我有時間寫點東西給你。

我好想你。

我需要你在我身旁，在我身下，在我身上，我需要不再知道自己從哪裡開始，在哪裡結束。我想跟你在一起，感受你，體驗你：我想成為你。

我其實只夢想著一件事，就是去找妳，用力把妳緊緊抱在懷裡，用力到讓我們可能會因此徹底融合，合而為一，不顧一切沉溺於彼此之中。我想和妳一起實現這樣的事，我甚至覺得，我們兩個在一起只能以此為目標。

134

我覺得我找到了靈魂
伴侶。

這個詞確實存在。

5月5日

20:30

我媽跟我傾訴了她的感情生活。

我覺得自己在跟一個二十一歲的年輕女生講話。

沒錯，愛情的年紀就是二十一歲。

關於愛情，她說了什麼？

是丟進空氣中的感情。

她說她也想經歷自己的愛情故事。

我不知道為什麼我現在會想到這件事，但我覺得除了手機之外，我們必須找個地方把所有的訊息都收集起來，才能永遠不失去它們。

它們太珍貴了。

我不停地在手機截圖，但現在開始越留越多，必須另外想辦法了。

沒錯，這些訊息是我們共同的記憶。

如果它們隨著手機被偷而消失，我會受不了。

5月6日

我只想著那道白色的牆，想著妳被陽光照亮的胸部、妳留有地板印記的臀部、我們觸摸彼此的手、溫暖我們的熱度，和為了找到一個字而說出的那三個字。

我從來沒有這麼全心全意地愛過。我不知道這是不是法式風格。我從沒經歷過如此充滿光明未來的愛情。

你會到車站接我嗎？

會。還有，今晚妳不必穿睡衣。

5月7日

我看著熟睡的妳,好美。

我為此眼眶泛淚。

美,是光線在妳臉上的躁動。

我去上班了。祝妳有美好的一天。☼

昨天晚上能見面真的太棒了。

我總是像才剛發現你一樣地看著你,但感覺又像是只認識你一個人。這些已經超越了詞彙,超越了語言。

妳是我的愛。我皮膚
裡有妳。

我心裡有你。

5月8日

11:04

你會覺得這很蠢，但多虧了你，我愛上了愛情。

遇到妳之前，我覺得自己知道戀愛是什麼，但我其實一無所知。

5月9日

天啊，再一個多月妳就要離開了……在我們共度的那一夜後，這真讓人難以相信。這一切彷彿自然而然，彷彿我們一直都認識。

這很奇怪，但有時候，我已經到了希望這　切付諸流水的地步。

與你眼神交會的那一天，我就知道自己陷入了糟糕的狀況。

5月10日

23:45

在妳的腰間

我的膝蓋卡住妳的膝蓋

妳什麼都做不了。

你的慾望是命令。

5月11日

當我從背後看著妳一絲不掛，深色頭髮散在枕頭上，向我露出我那麼喜歡親吻的後頸時，我迷失在夢境與現實之間……
我想，那是我最喜歡的角度：那個讓時間停止、刻畫了瞬間的角度，那個讓慾望逐漸增長、加深我的仰慕的角度。

對於你傳給我的這些內容，我說再多的感謝可能永遠都不夠。你這麼溫柔。你讓我身上最糟糕的事情都變得重要。有點像一個耳光，是我絕對應得的，是我需要的。

我不知道該怎麼告訴你。我想要把一樣東西還給你。就是這該死的幸福，就是讓你知道你對我做了什麼，因為我找不到文字來形容。那是介在散文、詩和我之間的極限。我只是個粗俗乏味的女孩！

5月12日

我兩小時後會到皮卡勒站，而女士，我想要以不太正統的方式親吻您，但我害怕這會嚇到其他賓客。

先生，我會在那裡親吻您的雙脣與您的熱情。考慮到糾纏著我的醉意，我只能賜福那份適當的急躁能與我的紫水晶重逢。

主啊。

22:30

妳如果還不是我的女人，我會去撩妳。

這件紅裙非常適合妳。

你到了 ?!

像我不在這裡那樣的跳舞。跳舞的妳是我的一個性感帶。

5月13日

在你懷裡緊黏著你，接著離你很遠地跳舞，然後在全部的人群中，在所有的噪音中吻你真的很棒，彷彿那裡只有你。但沒有比你的頭埋在我的兩腿間、比我在你的地毯上放聲大叫還棒，不過這一切還是很棒。

我們才分開不到一小時，我就已經想妳了。我們總是在聊天，我也一直用訊息騷擾妳，我不能沒有妳。或許不知道之後會發生什麼，但總而言之，在跟妳說話的這一刻，我想一輩子把妳留在我身邊。

5月14日

09:45

喔

是的

夜晚

和你共度

真棒、真好

生命在跳舞

而你的心

和我的心

在一起

而你，你做夢

我也做夢

直到早晨

我們像走出花園一樣離開夜晚

釦眼上有鮮花，手上有草葉。

12:00

脫掉衣服，我得跟妳談談。

5月15日

21:50

我一直相信有一天會有某個人出現。但真相是，到最後，我們跟最初一樣孤獨，而比起離開，也沒有更多理由留下。這是一場無止境的羞辱，一場沒有布幕可以拯救表象的失敗演出。就像一個孩子第一次就不經意地做了一件了不起的事，然後，當他想再做一次給別人看時，他失敗了。我們不經意地出生，之後就是一連串被同情眼神俯視的失敗演示。沒有人在那裡。

這就是我以前相信的。然後你出現了。

22:10

我覺得曾經有一個巨大的愛
情寶盒藏在我身上某個地方。
它被遺忘，沒在使用，被時
間和風雨侵蝕。因為妳成功
地深掘，讓它重見天日了。

我讀了三次妳的訊息。三次
都有寒顫貫穿全身。是美好
的寒顫。
就像是完全被妳的身體和妳
的熱度貫穿。

5月16日

20:10

我想要你。
我時時刻刻都想要你。想要你在我懷裡，我在你懷裡，你在我床單裡，在我身體裡，你在我身上，在我脣上，我在你脣上，伴著你的心跳，伴著我泛紅的雙頰，我的氣息在你脖子上，你的雙手在我的背上，還有再也不知道該拿它怎麼辦的「我愛你」。

我一定會非常想念跟你做愛。

我的愛，我們會找到辦法的。
我們可以用文字來做愛。

你覺得那行得通嗎？

妳想試試看嗎？

想。

我發誓。

全身上下，仔仔細細。

● ● ●

穿小內褲或一絲不掛。

從前面被弄濕或從後面被硬上。

● ● ●

● ● ●

舔著妳的胸或吞下妳的
肉。我最愛的永遠是妳。

怎麼樣？

被說服了。

5月17日

16:10

你得知道一件事。你可能會笑，因為我們年輕又愚蠢，因為你可能會認為這些話幾年後就沒有任何價值。但我要說：我愛你，而且打算愛你一輩子。我的意思不是這很容易，也不是你永遠不會想停下來。但沒錯，我打算維持六十幾年。很長，不是嗎？但就算如此，我甚至不確定光這些年的時間就足以向你證明，你就是那個最適合我的人。

那麼，我提議我們嘗試到下一次轉世。

5月18日

22:30

有時，我問自己愛妳多久了，因為我覺得我好像一直愛著妳。妳的名字變成了一種感受。

我開始寫「你在」，然後我停了下來。我覺得不再加上其他的字會很美麗，而且我想告訴你，光是這兩個字就讓我幸福滿溢……「你在」，這是發生在我身上最棒的事。

第四章

感覺之詩

DES POÈMES
DE SENSATIONS

（兩週之後）

6月1日

07:40

我的愛，我實在很難想像一個月後我就要走了。我今天晚上去找你，準備好你的行李，我們離開這裡四天，我訂了一間美麗的海景房。

這應該幾乎可以修補我快要破碎的心。

6月2日

6月3日

6月4日

6月5日

6月6日

說真的，我不太知道妳怎麼樣，但我從來沒有這麼快就一絲不掛過。我愛妳愛得要命，愛到像在做夢。我愛妳愛到每天都得灌醉自己，好讓自己不再去想，好讓自己忘記擔心。

我不想走了。因為我想每天早上都看見你散亂的頭髮，看見我對你說「我愛你」時你的笑容，看見我小腳趾撞上客廳桌子時你的爆笑……我希望你是我生命的讚美詩、我城市中的繆思。我們遇到的事太糟糕了。

如果愛情有面貌，那會是妳的面貌。無論多美的文字都不能取代經歷過的情況。那些發生的和稍後將在深夜發生的情況，它們才是會留存下來的。我會想妳。很想妳。

我們的倒數第二晚，妳想做什麼？

哭著做愛。

6月7日

10:40

距離不會是問題。
你永遠都會在，在我心中的某個地方，在那個特殊、無法形容、幾乎難以抗拒的地方。你永遠不會離開我，永遠（我敢用這個似乎被禁止的詞）。你那如此美麗，無論是清醒或酒醉時的笑容，我想要它陪伴我到生命的盡頭。

我以我的方式為你瘋狂。我為你是誰而瘋狂，為你讓我感受到的一切而瘋狂。無論那是愛情，或是另一種我還不知道如何形容的情感，我都為之瘋狂。我愛你。我看到你在我面前，而我愛你。

我非常害怕所有正在等著我的事，怕到不知所措。

儘管我會極度想妳，但我覺得妳的離開很不平凡。我欣賞妳的決心、力量和勇氣。

我知道一切都會順利的，因為妳充滿能力。請你記得妳是誰，永遠不要忘記。永遠不要喪失希望，對自己有信心……但尤其請妳要保重，好好照顧自己，然後回到我身邊。

你認為我做得到？

你認為我們可以承受這麼遙遠的距離？

妳當然做得到！妳要知道，沒有人像我一樣相信你。這一百多天來，妳就是我的全部。我希望在妳往後的生命中，會留下一點關於我的事。我相信永恆的愛情和忠誠。不要害怕考驗，生命充滿考驗。

那你呢？你會怎麼樣？

千萬別替我擔心，我愛妳，我會
留在妳身邊，和妳一起。
妳是我的另一半，當妳身處陰暗，
我會為妳帶來光亮，我不會丟下
妳，永遠不會。

我不可能再更愛你了。沒有人能
想像得到我愛你的程度。雖然我
們相識時間不算久，但我永遠想
不到會愛你愛到這種程度。

6月8日

我在機場了，我的愛。

我看到你在寫訊息。

我辦不到。

辦不到什麼？

我不要妳走。

過去這幾天，我經歷了許多狀態。但最後，你讓我變得有信心又迫不及待。你讓一股高昂的野心誕生了。一股能配得上你，可以媲美你這個人的野心。它可以與溫柔、甜美和自信匹敵，以親吻與平靜覆蓋你。

這是一股能夠吞噬整個人生的野心，但我不認識比它更高貴的野心。別擔心，我的愛。一切都會順利。

我的公主，當一切糟糕透頂時，妳帶給我許多慰藉，妳給了我一切所需。活出妳的人生吧！飛翔吧！妳知道我會一直支持妳。

那是妳的夢想，我之所以讓妳離開，是因為我愛妳。

20:08

終於上飛機了。我已經想了好幾
天起飛前要傳給你的最後一則訊
息。我想我終於想到了。

我們來剪刀、石頭、布，如果我
贏了，你永遠不能忘記我。

妳已經贏了。我愛妳。祝妳旅途
順利，到了之後記得傳訊息給我。
妳是發生在我身上最美好的事。

6月9日

我希望妳的飛行很順利，也希望
那懸在空中，始終詭異的孤立時
刻，對妳來說是舒適，甚至有幫
助的。至於我，今晚是分分秒秒
孤獨的堆積：儘管一直到上床前，
我身邊都有人陪伴，但我很少感
到如此孤獨。在短短的時間內，
妳已經變成我的全部，成為我生
命的要素與本質。我對此已有預
感，但妳不在和沒有音信的這短
短幾小時，讓這個事實更令人害
怕。沒有妳，對我而言一切都不
再熟悉，我喪失了指標。所以，
我需要談談妳，需要讀妳的訊息，
需要看妳的照片，試著讓自己安
心，建立連結，讓妳具體存在。
我已經極度想妳。妳已經成為我
的生命。沒有妳，就連我的床也
顯得陌生。

耐心等著妳，並對抗著一股不理
智的悲傷。我試著找出這次分離
的好處，像是有時間寫訊息給妳，
有時間感受與體驗我們的愛，有
時間感覺妳在我心裡、在我的身
體裡，比從前更深植其中。這是
肉體層面的；我真的覺得妳是我
身體的一部分。這份愛從四面八
方穿透我，能被一個如此美麗的
人愛著，我非常驕傲。

03:06

沒想到日子一下子就變得這麼艱
難。我去睡了。全心全意吻妳。

我的愛，我們剛剛才降落。我累
壞了，也早已因為我們的距離而
心碎。明天寫訊息給你。我愛你。

6月10日

我終於從這無止境的夜晚醒過來了。我在飛機上哭了好久，這種拋下一切，到一個非常遙遠的地方待上不知多長時間的感覺，很不可思議。醒來之後，我反覆重讀你的訊息，每一次都有相同的感覺。過去這幾天對我來說既強烈又震撼……謝謝。謝謝你給了我那些生活中的偉大時刻，那些生命與愛的瞬間。如果我常常看著你，那是因為我在你眼中看見了能日復一日激勵我的火花。請保持這份純真，保持這份對人與生命的愛。保持這股活力。你不曉得當你因為這一切而激動不已時，有多麼美麗。我會將你的肌膚、你的脣、你的眼和你的身體留在記憶中。在我孤獨又想家時，我會在腦海裡回想它們。我會回到那扇窗前。我會回到那個在仔細觀察地平線的年輕男人身邊。我會告訴自己他很美，他的眼睛有我從未見過的光芒。

然後我會吻他⋯⋯最後一次。我
的愛，別為接下來擔心，我們會
一起迎戰這段距離。

我在整理家裡，我抹去了最後這
幾小時的「痕跡」。（已經幾小
時了？）因為，據說當只剩下模
糊的記憶縈繞不去，如同夏天炎
熱細沙留在皮膚上的感覺時，就
必須要重新開始。我在我們的清
冊中加上了幾道痕跡，我也開設
了一個失物招領中心：妳的笑容
穩穩地植根在我的記憶中，我們
再見面時，我再把它還給妳。我
用舌尖輕輕地、輕到幾乎難以察
覺地撫過妳，像海市蜃樓，像失
敗的企圖，像熾熱的慾望。我的
愛，我愛妳，好好做安頓，有時
間的話打給我。

6月11日

22:18

即使離這裡兩千兩百公里遠，你仍是我最渴望的人。

我會去看妳。地球還沒大到讓我覺得離妳很遠。

我的愛，無論我去哪裡，你才是我的家。

6月12日

07:00

我想要再一次在半醉中到共和廣場撒尿，而妳在旁邊爆笑。我想要在陽光下，乘著滑雪板沿山谷俯衝而下，妳緊跟在我身後。或是在寒冷的車站中緊緊擁抱妳，還為了能成功吻妳，對妳說些不怎麼樣的笑話。我想在如沸水之下的困難中緊緊擁抱妳，想要愛妳愛到失去理智。

08:00

知道嗎？你是我完美的早晨。

我們非常適合陽光普照的早晨和多雨的午後。

你打給我？

馬上。

173

6月13日

19:05

在看過去這幾個月的影片和照片。

我可以花一輩子重溫我們的回憶。

倒不如拿這些時間來創造新的回憶。

6月14日

14:00

我昨夜沒有闔眼，回想起妳讓我充滿喜悅的那一刻，回想起那笑容、那欣喜和那份喜悅，回想起那短暫卻強烈的時刻，回想我們，回想我們做愛。我希望妳知道我愛妳，無條件地愛妳。

還有，我沒辦法和妳分開這麼久，所以我查了機票，我可以十月去看妳。妳覺得怎麼樣？

多棒的訊息。請你馬上訂機票吧。

6月15日

23:20

我們的心跳。

我的頭髮落在你的胸膛,我的手指抓著你的背,床單皺了,我們的衣物四散在地。

我的雙手抓住妳的頭髮,我的脣覆上妳的脣,床搖動著,我們的問題都被遺忘。

我的身體顫動,你在我頸邊喘息,時間暫停,世界靜止,我在你的沉默中嘆息。

妳的背拱起,我的腰起伏,夜晚流逝,愛在消耗,我們的身體在燃燒。

這是激情的定義。我們可以告訴我們的孩子,我們在人生中曾經歷過一次。

告訴他們我們曾經很幸運，
曾經很幸福。

告訴他們我們曾經生氣蓬
勃，感覺充滿活力。

告訴他們我們忘了其他的一切。

告訴他們曾經只有我們兩個。

6月16日

妳不在這裡而我喝醉回家時，妳留在我床上的T恤既是折磨又是樂趣……

對於我從你那裡偷來的四角褲，我又該說什麼好……

沒有妳，我的高潮有夠平淡。

別提了……我對你的渴望正在慢慢將我燃燒殆盡。

妳讓我發瘋。我在看妳的照片。妳好美，天啊，妳怎麼那麼美。我瘋狂地愛妳的身體，我因為它而生病，因為妳而發燒。因為妳的點頭、妳的喘息、叫喊，和妳露出滿意笑容時閉上的雙眼而發熱。渴望妳的時候，我變得很危險。

6月17日

我用力愛你。

根本不會痛。

6月18日

22:45

太離譜了，妳離開了之後，城市的滋味都不一樣了。我原地打轉，完全沒辦法專心。反覆聽著伊天・達荷[7]的歌。雖然跟一些人見面，但實際上無聊得要死。

打電話告訴我妳經歷的每件事，讓我感覺自己也多少在跟妳一起經歷。

00:10

● ● ●

02:06

妳不回我訊息時真的太難熬了。我想像了好多讓我害怕的事情。晚安。

---

7. 伊天・達荷（Étienne Daho, 1956），法國知名男歌手，1981年出道。

6月19日

10:00

我的愛，對不起。昨天忙翻了，有點把手機忘在一旁了。但我每一刻都在想你。你陪伴著我的每一步。

我想妳。知道妳離我幾千公里遠讓我覺得無能為力。我打從心底害怕永遠無法再見到妳。每一天，我都希望妳能比預計的更早回到我身邊，希望妳能一直一直寫訊息給我，希望無論距離有多遠，在某個地方，我一直和妳在一起。

15:16

在某個地方，你一直和我在一起。「你在那個獨一無二的小角落裡。」

覺得很壓抑，我討厭這樣，我不認識自己了。

當你沒有試著取悅我時，最讓我喜歡。做你自己，就這麼簡單。
我愛著你。愛「你」。所以，拜託你要愛自己，別害怕讓我不高興。拜託以你的方式愛我，而我只能更加愛你。

6月20日

沒有你，生活真是無聊透頂。

我好想妳。有時候因為想妳
而胃痛，我責怪整個世界，
因為我不能跟妳在一起，不
能開懷大笑，不能笑到流淚、
笑到不能再笑，因為不能讓
見到妳的喜悅和常態成為習
慣，不能完美地了解彼此或
學著了解彼此。謝謝。謝謝，
因為太了解和妳在一起是什
麼樣子，所以我也非常了解
不再和妳在一起的影響。

我的愛，我愛你，請永遠
不要懷疑。我已經比較平
靜了，如果我的愛能幫助
你找到平靜與安寧，那就
拿去吧。同時，請想著我
每天都想著你，而且我會
一直這樣做。遠距離並不
容易，但我試著把所有的
正能量，還有對你一直存
在的熱情都傳達給你。說
「我愛你」的方法應該要
有很多種。因為這個句子
已經變得太普通，也沒有
詞語可以真正定義我想到
你時讓我激動的那種感
覺，即便遙遠，即便分隔
兩地。因此，比起寫下文
字，請閉上雙眼，想像我
的目光。好了。你懂了。

6月21日

09:50

好多道陽光照在我臉上！

呃……閉嘴！這裡
只有 18 度。

這裡是你的溫度。

這是要告訴你，這裡很熱。

妳像三杯咖啡一樣讓我興
奮。我不知道我比較想把
臉埋進妳的大腿間，還是
妳的網路對話紀錄裡。

6月22日

03:00

剛從聚會回家,喝得很醉又很鬱悶。我和司機吵架,差點在街上被打,我的心也碎成千萬片了。

我再也無法忍受和妳分開這麼久了,我好愛妳,我再也不想離妳這麼遠,光是現在就已經太久了。妳好遙遠,好遙遠,我再也受不了了,我花時間在頭腦裡寫詩給妳,但我永遠不會唸給妳聽,因為那是一些感覺的詩,快點回來,快點回來我身邊。

07:00

我再也受不了想到分隔兩地,想到我們會不幸福,也受不了想到別人很幸福。我的愛,相信我,我們還年輕、無憂無慮,只要一眨眼我們就會再次見面,愛著彼此。

第五章

我愛（傷害）妳

JE T'A(B)IME

（一個月後）

7月23日

7月24日

7月25日

7月26日

7月27日

好傷心，妳把我們的通話
推遲了兩個禮拜。
時間過得很慢，新的每一
天都和前一天相同，我覺
得自己一直被困在過去。
我今晚夢到妳了，就彷彿
妳聽見我的話一樣。

7月28日

15:16

顯然，現在光要等到妳的一則訊息都越來越難了。

找妳好幾個禮拜了，但我們都碰不上。有沒有妳的使用說明書？我不知道啦，就是那種像IKEA的簡易說明書，上面寫著需要的工具和可能花費的時間。

對不起。我昨天很晚回家，要隨時都能找到網路也不容易。你好嗎？

......

7月29日

7月30日

7月31日

10:21

祝你有個美好的一天。
我希望你一切都好。

8月1日

8月2日

8月3日

23:56

我們交往一開始時，我告訴過妳我還沒準備好再次和誰在一起。我在逃避對另一個人的依賴。妳看著我的眼睛時，我在裡頭看到的愛有時會讓我害怕。我想要我們相愛，但不要太多，我想要我們彼此想念，但不要太多。我想要自由自在，不屬於任何人。

在妳離開前，我反覆推敲這些。但是……

今天，我愛妳愛到病了，到哪裡都能聞到妳的氣味。走在街上時，我在尋找妳。在每個擦身而過的人身上，都能看到妳。真該死。我不想要這樣，我想要保持堅強，但現在我脆弱、空虛又迷惘，因為沒有妳的氣味、妳的熱度和妳背脊的溫暖，因為沒有妳甜美的聲音告訴我，不要害怕愛。

8月4日

8月5日

12:45

真的很抱歉，我之前又沒帶手機了。

我可以打給你嗎？讓我們直接談談？

算了。

8月6日

8月7日

21:36

我們得談一談。

我受不了這樣無止境的沉默。

我們一直無話不談。
為什麼再也不行了？

不知道。我應該在生妳的氣。

你還愛我嗎？

在我內心深處，有一輩子都愛
妳的那部分，還有慢慢死去的
部分，彷彿乾掉的海綿越來越
萎縮，因為一切都變得很困
難。我們其實很小，但現在卻
太龐大了。

聽我說，雖然我的人生在認識
你之後四分五裂，但我一直覺
得那是值得的。跟你在一起，
我知道了真正的愛是什麼。現
在依然知道，因為我一直愛著
你，超乎尋常地愛著。我不覺
得恨、懊惱或後悔。

我只感覺到一份激情已喪失威
力的愛情、一股因為距離造成
的煩惱，和一股文字無法充分
表達，對於情感的巨大需求。

那要怎麼辦？
分手？

不，我還愛你。你想分手？

當然不想。

這是一個太過笛卡兒式的
頭腦才能回答的問題。

但我呢，我的頭腦尤其想
說：「我的愛，快點回法
國。」那上面還有一點伊
天・達荷在唱著。

我想你。

那就回來吧！

我還不能回去,你知道的。對不起。對不起,我讓你痛苦了。對不起,我遲到了,對不起,我那麼常遲到。我希望的只有一件事,就是當我們再次見面時,一切都不會太遲。因為,我發誓,到那時候你就不用再等我了。我發誓,到那時候你就不必再追著我,我不會再離開了,我會像我一直愛你那樣的愛你,不會再有限制,不會再有焦慮,你也不再因為我而痛苦。

我無法跟妳保證到那時候會不會太遲。我真的已經厭倦這種必須透過機器來傳遞情感的方式,還有隨之而來的不理解……有時候,我其實已經受不了了。

自從愛上妳而妳離開後，我從沒感覺這麼孤獨過。可是，我卻無法克制自己，無法克制自己不去愛妳。
但這股孤獨感總是不斷地出現。

有時候，我甚至發現自己在看其他女生。我幾乎想要她們來照顧我，想要她們擁抱我，想要她們帶給我一點慰藉。

這些讀起來好痛苦。
收到這則訊息讓我差點摔手機。
可是仔細想想，我發現我有完全一樣的感覺。

不知道我們之間怎麼了。經歷這樣的愛情，卻需要被其他人安慰，這太離譜了。

讓我們好好想想這一切，明天再談。我累壞了。

但在閉上眼睛之前，讓我告訴妳我愛妳。我想見妳。我想要能無止境地看著妳。我想要在妳身邊。
我想要除掉妳的心魔。
我真的好愛妳。

8月8日

08:10

昨晚沒睡。我們是注定要在一起的，我深信不疑，迫不及待等著那一刻。準備好要回去的那一刻。你準備好的那一刻。我們準備好要幸福的那一刻。但現在，我們必須想想我們兩個人。要放棄這一切還為之過早。如果你已經知道自己是誰，那恭喜你，但我依然還沒有半點頭緒。我依然還在心靈中那片神祕水域航行。我以為自己準備好了，準備好給你我能給的一切，因為……沒錯，我有感覺。因為那讓我燃燒。但我發現我離準備好還天差地遠，這就是我們通電話時那種說不出口且無法定義的事。所以我想我們不應該放棄這份愛，那是最糟糕的念頭。但我們可以給彼此更多自由，好填補我們的孤獨感，也同時找到兩全其美的辦法：我們之間擁有的仍是神聖、獨一無二、不可觸碰的。

讀這些很痛苦……

10:00

昨晚我也沒闔眼。雖然非常痛苦，但經過好幾小時的思考後，我也得到了和妳一樣的結論。我可以了解我們還沒準備好維持這段遠距離的關係，和對彼此的獨佔性。

我愛妳……所以這麼說讓我非常心痛，但我覺得我以一種愛著我們偶爾會遇見的靈魂的方式在愛妳，不必知道如何愛，不必知道為什麼愛，我愛妳的全部，愛妳作為妳的一切，無論妳給了我什麼，或什麼都沒給我。而我希望能以任何一種方法，把妳永遠留在我的生命中。

所以和妳一樣，我想我們應該
在不玷汙我們愛情的狀況下，
還給彼此自由。只是，有一股
不安讓我不知所措。

什麼意思？

我不希望妳的心離我而去。

10:11

跟你說，我來到地球的另一
端，我也知道距離讓事情變
得複雜，但這完全沒改變我
的愛。我還是像第一天一樣
的愛你，我的野花。我曾想
像以我永遠不可能變成的樣
子被愛，並經歷種種失敗，
然後是你牽起我的手，是你
渴望我模糊的過去和不確定
的現在。你用熱情的笑容把
我的疑慮一掃而空。

你是和煦的陽光，難得一見又
讓人平靜，你讓我的雙頰通紅。
如今，我明白了愛未必總伴隨
著痛苦……你讓我目眩神迷。
請永遠別走遠。除了你愛我的
身體外，我的心上不想再有其
他重量。

我的心不會離你而去。它只屬
於你，我保證。
我們必須允許對方擁有不帶感
情的、單純的豔遇。

試著把我們關於開放式伴侶的
對話都拿來實踐。還有我們的
理想也是。同時，保護我們的
愛，知道我們是獨一無二的。
我們就給自己這段時間吧。

我們會找回自己的獨立性。在
我們能再次見面之前，我們應
該要能自給自足。

堅強不是我們的選擇，但我們
必須堅強。

我把沒有妳的時間花在尋找妳的替代品上。現在妳在這裡了……我再也不必尋找了。

我剛剛淚流滿面……我愛你。

……我也愛妳。要勇敢。

8月9日

8月10日

01:40

我睡不著……你睡了嗎？

04:05

我剛回家，沒看到妳的訊息。

8月11日

8月12日

你的缺席，或是缺席的你，
隨便你怎麼說，但都是同一
件事。都是我醒來時身邊沒
有你，都是我為兩個人準備
晚餐但只有獨自一個人吃，
都是孤獨的淋浴和寒冷的夜
晚。我感到你無所不在，一
點點腳步聲或大衣的簌簌聲
就能讓我想到你。
我們是融為一體的，我不會
用過去式，因為對我來說一
切都沒有結束，這只是短暫
的過渡，就像這幾個月以來
一樣。

我想念妳的一切，妳的肌膚，
妳的聲音，還有妳有壓力時不
停玩弄的棕色捲髮。沒有妳一
切都不一樣了。妳說這個決定
是為了我們好，但事實是，這
非常困難。妳知道的，妳是我
最喜歡的人。

8月13日

09:05

我知道這一切很困難。我們要
試著為自己在愛情中成功跨過
一個階段而開心。你讓我學會
了為每次的出乎意料而喜悅，
學會說好，學會瘋狂地渴望、
瘋狂地想要活著，學會一頭探
入未知，學會無拘無束地享
受，學會讚頌生命，那自由而
恣意的生命。
是你教會我這一切。所以，我
們當然做得到。然後，10月26
號你會來看我。沒有人能從我
們身上偷走那一刻。它將只屬
於你我。

即使這一切非常困難，但我喜歡
愛你的風險，我喜歡擔心每一次
說再見都是最後一次。終於有
這麼一次，我覺得一切都不受
控制。這個日期在我腦中不斷迴
繞：10月26號……從現在起，它
是唯一要數的日子。

而且我確定它會比預期的來得更快。

216

8月14日

04:00

答應我，你不會愛上別人，好嗎？

我們要對自己有信心，
我的愛。

12:02

如果我們愛上了別人，
保證要停止一切。

我保證。

8月15日

11:07

我要去海邊待幾天，轉換一下心情。我決定稍微脫離手機，好好享受海邊，找回自己。我真的很需要這麼做。

你做得很好。你還是會傳一些訊息給我吧？

我盡量。🌹

8月16日

8月17日

23:02

我希望你的海邊之旅和斷網對你有幫助。很晚了，我剛回到家，我想著你躺在我床上。

你跟路人說話、你為所有事情驚嘆、你像孩子一樣玩耍的方式，都是很難得的。這世界應該要充滿像你這樣的人，它一定會變得更好。

8月18日

12:10

鹹（濕）的念頭。

8月19日

8月20日

8月21日

8月22日

19:23

我回家了。給自己這幾天時間，真的讓人重獲力量。

那就好，我替你高興。

現在看起來，我們上一次的討論沒那麼令人焦慮了。

愛永遠都不該讓人焦慮。

我再也不擔心了。妳可以去環遊世界，看妳想看的，做妳想做的。我永遠有辦法讓妳在我懷裡時，就像回到家一樣。

8月23日

8月24日

8月25日

20:37

我們應該談自己的豔遇，談我們自由的愛嗎？

不，我不想。對我來說，我一點都不想知道。

好。

光是你問這個問題，就讓我很不舒服。

我只是試著建立規則。

8月26日

8月27日

01:36

其實，每個夜晚的每個嘆息，是你的雙手在我的記憶裡。

8月28日

8月29日

8月30日

9月1日

20:31

我因為你製造的聲響、散播的沉默，和當你不知自己身在何處時的嘆息而陶醉。我用你的存在填滿自己：用你的笑容、你的眼神、你的臉龐。我的心神充斥著你留給我的回憶、你加在我身上的重音，和在我耳邊迴響、猛擊我靈魂的詞語。你會回來，這毫無疑問，因為我想你，因為我們總是能澈底地忘我，我們為了彼此而消失，我們能隨著事實調整，我們執著，我們飛翔！你知道的，我沒有放棄，我們兩個還沒結束！我寫了好多信給你，在信中排列了好多句子，多到再也不知道逗號要放哪裡，再也不知道呼吸⋯⋯告訴我，我們能痊癒嗎？

你讓一切都爆炸了，屏障、邊界和我曾小心翼翼安排的所有。這讓人心煩，完完全全地讓人心慌意亂，但也讓人陶醉⋯⋯有些時候我想你，可怕又痛苦地想你。

也有些時候我想要奪走你的五臟六腑。或許我不單純，不一定讓你能跟得上或了解。

我不太知道我和你現在處在什麼狀態。我只知道我非常想你，知道我愛你，知道我再也受不了想像你跟其他女人見面、接吻、做愛。而在那之後，我總覺得自己非常愚蠢，因為我知道那是我們彼此同意的。但我做不到。我真痛恨自己覺得自己愚蠢。

到頭來，這支有點痛苦又笨拙、忽冷又忽熱的華爾滋，我們一起跳了好一段時間。但現在，我想要稍微棄械投降一下下。

你 10 月 26 號會來。在那之前，我希望我們都不要再傳訊息了，讓我可以不再整天懸在手機上，等著看到那些代表你正在寫訊息，但最後卻做不到的可悲刪節號。我也需要藉此來整理一下頭緒，讓自己不會因為想像你完全自由而澈底發瘋。我太痛苦了。我還沒辦法接受與別人分享你的想法。

我的愛，10月26號見。在那之前，不要「太」不忠誠，也不要忘記我。拜託你。

沒有人有妳的笑容，也沒有人有那個讓我如此瘋狂的酒窩。我想要傳給妳：「來吧，來喝酒忘記我們丟下了彼此……」但妳不在這裡。10 月見。

我（的）愛（傷了）妳。

第六章

灰暗的夜晚

MES SOMBRES NUITS

（兩週後）

9月17日

15:40

一則稍縱即逝的訊息，一次迅速通過我們現在已經荒蕪的親密花園……這感覺真奇妙，就像我們對話時，時間並不存在一樣。我也想念我們在夜裡的晃蕩。自從生活重新步上軌道，我們也不再談話之後，我覺得晚上回家時再也沒有人在家裡等我。幾乎覺得有什麼東西被奪走了，就好像有人從我身上拆下了一顆燈泡。那顆為我灰暗的夜晚帶來既瘋狂又柔和光線的燈泡。

我看到你的限時動態[8]，我的心跳瘋狂加速。這或許在說，我沒忘記你。

●　●　●

拜託你，別回這則訊息。

8.限時動態是只保留24小時的短暫訊息。許多社群媒體，如Facebook、Snapchat，特別是Instagram上，都有這種功能。

第七章

我們相愛、自由且美好的那段時光

LE TEMPS OÙ NOUS NOUS AIMIONS,
LIBRES ET BEAUX

（一個多月之後）
10月26日

14:10

我在機場。我沒能踏上那班飛機，對不起。今天早上我非常悲傷，有那麼多沒時間給妳的愛。好了，我要走了，我要離開了。或者該說，我留下了。我要離開妳了，我沒放棄妳，我是讓我們暫時休息，給我們空間和時間，好讓我們或許能在之後更美好地重逢。

沒有人知道這次分手、這次切斷關係會持續多久，但對妳來說，我永遠不會是陌生人，就像妳對我來說也是，我永遠會以某種方法愛妳。

我要離開妳了，但在我心中，妳會永遠跟我在一起。那些最美好的時刻也是最糟糕的時刻。它們在我腦海中像是致命瞬間一樣反覆出現。我之前讓自己陷入了生命中最美好也最危險的陷阱，這件事現在看來已如此明顯。我應該要知道的，那早就出現在妳凝視我的眼神中，它們太過澄澈，也在妳的笑容中、在妳的字裡行間、在我的肌膚碰觸到妳的肌膚的那一秒鐘。而後，又出現在妳對我脖頸吐出的每一次嘆氣中，就像一個警告。我的手太冰冷，而妳的手太炙熱。那一切都在吶喊著我將會一敗塗地。我想相信我能安然脫身，想相信我並未投入到對我來說太過巨大的狀況中。我那時想像不到痛苦。我們從來想像不到痛苦。尤其是第一次的時候。現在，我在雨中，而我知道了。

我沒辦法踏上那班飛機，因為
我會無法承受回來時身邊沒有
妳，還有我們又再次分離。我
非常能夠想像與妳共度一段時
間會有多幸福，但這是一份之
後將要付出很大代價的幸福。
我付不起那樣的代價，就像我
也無法承擔我對幸福的想法和
我對伴侶的看法一樣。
我多麼希望妳告訴我妳要回來
了，但我知道那不可能。我沒有
那麼堅強。

我們要看清事實，或許這些共度
的時光只會持續一支舞的時間，
或許歌曲已經結束。我錯過了終
止式，我在一段滋味已經不同的
關係中窒息，而每一秒鐘都讓我
想起我們曾經相愛、自由且美好
的那段時光，每一秒鐘都在提醒
我，只要等著新的一天來臨，就
能在愛的夜晚過後睡去。

有一天，我們會相愛一輩
子，但不是這輩子。

10月27日

10月28日

10月29日

10月30日

10月31日

11月1日

11月2日

11月3日

11月4日

11月5日

20:59

看來，我們已經沒有能一起經歷的事了。這太蠢了，真的。但其實，我也不能怪你。有太多事情讓我成為一個令人鄙視的人，就像這個想要逃離一切的壞習慣，就像我對於在錯誤時間愛你的堅持。我應該更早寫訊息，更早告訴你我要回去了。或許我應該道歉。

我放低姿態了。對偶然、對突發狀況、對形勢、對時機、對意外。對我們道路上那些有益的脆弱。我的道路環抱你的道路。

以前，你的眼睛在笑。它們釋放出朦朧的光彩，是我配不上的充滿冒險性的他方。還有，你身上那似乎沒人看出來的天然之美，在我心中產生了突然的錯亂。而在我們的沉默中，我允許自己用微笑擁抱的事實從那些錯亂裡突顯了出來。我愛過你，瘋狂地愛過。

而你剛剛讓我心碎了。雖然我認為實際上，你並不太在乎。

第八章

沉默的告別

NOS ADIEUX EN SILENCE

10月27日

18:06

一年了。想到我們再也不會見面讓我有點感傷。我知道我們當初在沉默中告別。有時候，我會回想起妳的酒窩和笑容。這個世界應該要認識妳的笑容，妳笑的時候很美。要等到我和其他人交往，和其他女生在一起感到無聊時，才發現妳的笑容中滿是陽光。好幾次，我回想起那個轉化為週末的夜晚，太陽從未升起。妳的輕盈數度讓我平靜下來，但總有一天必須醒來，而我受不了鬧鐘的聲音，在妳之後，一切都顯得如此有攻擊性，我覺得在妳離開之後，我好像得了狂犬病。妳並未殺死我的狂暴，妳讓它害怕，而它只等著妳的消失，好進行更猛烈的攻擊。好幾次，我告訴自己妳缺乏膽識和勇氣，但我發現那沒有任何意義。

我想要月亮，但我卻因為懦弱而
將目光轉離它。然後，如果我們
向一個孩子要月亮，他會畫出一
個來，妳應該也會這麼做。我們
應該在六歲時相遇的。在我的人
生中，妳來自於一連串的偶然，
這讓我感傷，我覺得有人在扯我
後腿。我沒去找妳，這沒讓我感
傷，卻在毀滅我，因為我甚至沒
有告訴妳我曾經想去找妳。妳讓
我有話說不出口，我覺得自己好
像處在嗎啡的藥效下。

還記得我們第二次在月台見面
時，妳的眼睛在傍晚6點陽光下
的顏色。那就跟妳媽媽的眼睛一
樣美麗，雖然我從沒見過她。

我們的相遇很美，而在我的人生
中，美的事物那麼罕見，一定是
因為這樣我才留著妳冰茶罐子的
瓶蓋。

我一點都不怪妳，全都怪我。這些訊息也不期待會得到回覆，我想，這只是要提醒我，不要再把懦弱當作行事準則，不要再讓話語在我的喉嚨中因為不敢說出來而腐壞。我或許應該冒險去把妳找回來。

20:30

有些日子，就像今天，即使我找回了些許平衡和一種幸福的形式，但只要一點點小事就能讓我想到你，就會讓我想念你。好吧，不是直接想到你，因為我現在已經不太知道你是誰或你在做什麼了，而是想到我們。

這個「我們」讓我想念。
一個星期天、一道陽光、一球冰
淇淋、一次單車出遊、一場展覽、
一場午覺、對幸福的某種定義。
而那種幸福，儘管我試著和其他
人分享，卻沒有和你在一起時同
樣的滋味。

在你之後，我不再愛著愛情。

妳記得我們對愛的想法嗎？

嗯……另外，我一直在問自己，
我們是在什麼時候搞砸的。

我只試著不再問自己這個問題。

我更喜歡回憶我們的第一次約會。直到今天，我全部都還記得，從最普通的夜晚到最特別的夜晚，一切都留在記憶中。可是天知道，「特別」是我們的格言。

從那幾次你在早上特地帶著可頌和巧克力麵包到我家叫醒我，從那些我們永遠沒看完的電影，到那些只是為了讓我笑的小小體貼，我都還記得。

從我第一次在你家過夜、白天我們的枕頭戰，到你最後一次來我家，我們點了餐廳中所有的甜點，我都還記得。我從來不曾像我們在一起的時候一樣，有那麼豐富的童心，那很美好，現在依然，以後也會一直如此。

那種無憂無慮和那種自由，那種只要我們在一起，沒有什麼不可能的想法。我問自己，還有誰會像你一樣，在收到給五到十歲兒童的小王子拼圖禮物時笑得那麼開心。我也問自己，我還能對誰做這些如此荒謬、卻如此像我們風格的事。但我得不到答案。這或許很傻，但我想，我其實可以只為了看你笑而做出世界上最蠢的事。那段時光充滿詩意，有時過分，有時或許沒有邏輯，但卻是我擁有過最美好的關係，我要為此謝謝你。我知道即使我們從沒對彼此說過，但無論在一起或分開，在某個角落，我們一直擁有彼此。最後，無論我們的關係多麼詭異，它本身是完美的。我永遠會在你身邊。事情會改變，連結人與人的關係也是，但你知道的，我們已遠遠超越這些。每天我都想念你，每天我的思念都會陪伴你。

●●●

妳是我生命的海嘯。

23:16

如果有那麼一個晚上，妳想來我懷裡睡，可以寫訊息給我。

10月28日

10月29日

10月30日

10月31日

11月1日

11月2日

11月3日

11月4日

11月5日

11月6日

11月7日

11月8日

11月9日

21:42

「今天，我什麼都沒收到，但我什麼都不怕；米蓮娜，我求你，不要弄錯，我從來沒為你害怕，如果我看起來像那樣且經常如此，那不過只是一項弱點，只是心裡一時的任性，但它仍然清楚知道自己在為你跳動；巨人也有弱點；我想，我們甚至確定海克利斯有一項缺陷。

但是，就在我連大白天都能見到你雙眸的情況下，我可以咬緊牙關忍受一切：距離、恐懼、擔憂、沒有信件。」[9]

讀卡夫卡時，想起你。

妳讓人生氣。

為什麼？

9.節錄自卡夫卡1920年7月12日給米蓮娜的信。

因為不知道在沉默多久之後，妳帶著妳完美的卡夫卡片段回來，而我總是想要回妳訊息。

這可算是好的徵兆。

11月10日

11月11日

11月12日

11月13日

11月14日

11月15日

11月16日

11月17日

11月18日

11月19日

11月20日

11月21日

11月22日

11月23日

11月24日

你還記得我醉到不行，在街上罵了一個人，你還得揹我回家的那天嗎？我現在有點處在同樣的狀態。想到那一天讓我大笑。

我問自己，到底該拿妳怎麼辦。

第九章

在那個獨一無二的小角落

DANS LE PETIT COIN À PART

6月6日

18:00

我到處尋找，不停尋找。找你的眼睛、你的脣、你的溫度。找你又感到害羞時，咬著臉頰內側的樣子。找你能讓我相信有更美好的世界，也能給我高潮的雙手。找我們在中午、在午夜、一輩子的討論。找在我身上舞動的你的身體。找你學會丟棄矜持後，我們氣喘吁吁，在被窩下飄蕩的靈魂。找每個晚上、每個早上、每個屬於我們的時候，你對我饑渴的眼神。我一直在尋找……好慘啊，你不知道我多希望有一天能再遇到你不願剪掉的晃動瀏海，多希望我們可以再來爭吵。無論我多麼努力在世界上徘徊來去，尋覓一個終於可以重建自己的地方，我還是只想待在你身邊。今天，我發現如果沒有你那兩顆痣，我的人生沒有半點意義。

我們是兩個不能分開的人，就像
那種如果沒有彼此就活不下去的
鳥。自從我們相遇後，一直分分
合合。我希望我們可以永遠復合。

「那是你的夢想，我之所以讓
你走，是因為我愛你。」你在
我去機場前說的這些話，已經
在我心裡迴盪兩年了。
多虧了你，我才有今天的一
切，但天啊，我真的好想你。
是你，永遠都會是你，這令人
痛苦。知道你在遠方令人痛
苦。知道你跟另一個人在一起
令人痛苦。請你說服我不要回
去，因為我已經在放棄一切的
邊緣了。

告訴我你討厭我，你不想再見到我，隨便說什麼都好。我還愛你，真該死。我愛你⋯⋯從我遇見你之後，一切都無法解釋。生命讓我們無法在一起，這真的好痛苦。我學會了和你一起生活，我需要你，但因為我們兩個，因為我們的荒謬，因為我們的愚蠢，讓我們不能體驗曾經給過彼此的承諾。

對我來說這太痛苦了，我無法把這段故事放到一邊，雖然我應該要這麼做。我不能愛你，所以拜託你，把我刪掉，從我們的生命中抹去這一切，盡量不要出現在我的生命中，求求你幫幫我，因為我做不到。

19:30

如果我也做不到，我們該怎麼辦⋯⋯？

6月7日

22:42

約在那個獨一無二的小角落見。

愛情革命

2018年7月17日，我詢問孤獨的戀人們對愛情革命的定義。精選的回覆如下：愛情革命

– 是承擔他的感受和情緒，宣揚仁慈和理解。也是愛自己。為了能更用力地愛他人而愛自己。

– 是不再需要去愛的理由，只是去愛，正確地愛。

– 是在做愛之前抽一根菸，而不是在那之後。

– 是接受有人扭轉了你已經妥善規劃的人生計畫。

– 是允許自己去愛另一個人的全部，去愛作為人的他，而不是像面對獎盃或對抗寂寞的工具。再說，在一個像我們這樣以自我為中心的時代，比起看見他人，更重要的是試著理解別人眼中看見自己的那個世界。因此我想，這場革命至關重要也大有可為。

– 是同時愛兩個男人且感到幸福。

– 是接受人們給予我們的，是給予我們所能給予的。是懂得溝通。是讓自己被侵入，隨後由自己去侵入。

– 是讓自己從這個社會的規則中解放，因為它不懂人類只需要兩件事：完全自由地去愛與被愛。

– 是打破教條，忘掉成規和強制的約束。是毫無保留、毫不矜持、毫無懼怕地去愛。是做自己，不作假。

– 是跳脫出從孩童時期就聽聞的那一套，是建立自己對愛的觀點，是從腦中除去想擁有一個人和他的情感的需要。

– 是一個小男孩學會在所有朋友面前對他媽媽說「我愛你」。

– 是願意承擔無法遇到另一位「愛情革命黨」黨員，並激發他熱情的風險。

– 是不再害怕在人群中自由走動。勝利地前進，做一日的瑪麗安娜[10]，是向所有我愛的人說：我已脫離了我的鎖鏈，我現在是你的了！

作為一個為愛情癡狂的戀人，我想藉由設立「孤獨戀者」這個IG帳號，把所有關於愛的美好文字集中在一個地方，一個讓我們可以永遠記得這些曾經重要的話語的數位場所。我想要證明感性不是弱點，情感表達是構成人類社會的一部分。

隨著一則一則的訊息，我看見一個真正的社群聚集起來，漸漸擴大，分享愛情與法語的樂趣，也見證了這個帳號帶給他們的解放：那就是理解到我們並不孤獨。

10.瑪麗安娜（Marianne）是法國大革命期間，人們將「自由」與「理性」的概念擬人化表現而形成的虛構人物，堪稱法蘭西共和國最著名的象徵之一。

在看見我們人數如此眾多後，我有了跨出邊界，啟動愛情革命的信念。這場革命倡導情感表達的必要性。這場革命倡導不只有一種說愛的方法，不只有一種愛情，而表達這些愛情不是兩性之中一種性別的專利。

致力給予戀愛感覺新的合理性

這麼多年來，感覺已被捨棄。我們貶低它，把它晾在一旁，我們嘲笑它，認為它太多愁善感、太脆弱、太俗氣。我在前言裡提到了「欲擒故縱」這句成語。這句成語宣揚的是隱藏自己的情感，採取一種與我們內心感受完全相反的冷漠態度來吸引、取悅喜愛的人，並把他們留在身邊。

因為推崇冷淡，讓冷淡變得令人嚮往，這句成語把感性、情緒和感覺轉變為所謂的軟弱的象徵。就好像為了取悅某個人，我們必須忽略他。但在內心深處，我們都在期待同一件事：愛上某個人和有人愛上我們。

停止偽裝吧。

如果我們愛著，就說出來。如果我們渴望，就表現出來。情感的表現有那麼多細膩的差別與可能性，我們會因為愛著卻拒絕愛情而相當悲哀。

是時候再度重視愛的感受、撢去所有寄生在它身上的偏見了。將感性、情緒和情感提升為優點，而不再是缺點，以便創造一個更人性、更公平，建立在尊重、共情和善意基礎上的社會。

解放話語

如果不解放親密的話語，愛情革命便不可能達成。那是「正面」的話語，是感情與情緒的話語，是有時詩意、有時直接，但永遠誠實，且終於從使它噤聲的那些因素——矜持、羞愧和恐懼——之中解放的美麗話語。

請自由自在地告訴我們珍愛的人：「我愛你」、「我想要你」、「我喜歡你」、「我每個晚上都夢到你」、「脫下你的衣服」、「跟我結婚」、「看著我」、「馬上來找我」。請別再害怕不能「好好」說愛，因為說愛的方法就跟每個人一生中的分分秒秒一樣多，而這無關乎性別。

為親密表現的性別平等而努力

長久以來，歷史讓我們認為感性是一種全然女性的特質。我們以為只有女人會感動，會因為愛而痛苦、憂鬱。相反地，長久以來，慾望被視為一種男性衝動：只有男人會感覺到慾望和表達慾望，會

使用露骨的文字。但這是錯的！我們都能擁有感性、浪漫情懷和性慾。這無關性別，而是人性。

在IG帳號上，我發佈的愛情訊息是匿名的，幾乎不可能知道發送者的真實性別，以及發送者和收訊者之間的關係。另外，也很少有人問我作者是男是女。我覺得這種匿名作法似乎讓我們變得自由：自由地傳送將會發表出來的訊息，自由地回應，自由地閱讀他人的私密。

倡導包容的言論

在解放愛的話語之外，還有一場根本的戰役：為所有愛的形式和所有性向奮鬥。在「孤獨戀者」的帳號中，我們談了炮友、BDSM[11]、出櫃、愛情中的年齡差距、多重伴侶、遠距離戀愛。指導原則是倡導人際關係中的包容和善意：愛我們想愛的人、在我們想愛的地方愛、在我們想愛的時候愛、用我們想愛的方法愛。

愛可以有許多面貌、許多體現方法，千萬別阻擋它的任何一種展現方式。

11.BDSM可代表皮繩愉虐的意思，包含綁縛與調教（bondage and discipline，即B/D），支配與臣服（dominance and submission，即D/S），施虐與受虐（sadism and masochism，即S/M）。

創造一個善意的空間

「孤獨戀者」帳號是一個沒有人會評斷、沒有人會被忽視、被攻擊或被突然無視的避難所。在那裡，我們創造的唯一事物是極高水準的愛、無限的善意、共情和尊重。當一個新成員稍嫌嚴厲地評論了一則訊息時，我通常甚至不必介入。社群自己會表達包容的必要性，也會提醒彼此，在每一則貼出來的訊息背後，有一個願意揭露自己部分隱私的人，他值得我們給予的所有關注和理解。

這個善意的空間可以接納任何想參與的人，給予表達自我的可能性，並在這裡找到體貼與理解的聽眾。另外，這份理解有時也可能令人慌亂。雖說被他人的故事影響似乎很奇怪，因為那些經歷是如此的私密，然而即便每份情感、每段關係都是獨一無二的，它們仍展現出一種感受的普世性，可以讓每個人在文字與他人的經驗中找到認同，並且認出自己。

它終究讓我們發現自己不再孤獨，團結也不再可怕。

愛自己

最後，我們要進行的愛情革命，就是愛自己，接受自己，給予自己價值。因為，如果我們處在自我拒絕的狀態中，要如何付出愛與接受別人的愛？

革命

萊爾‧華特森[12]在著作《生命之潮》中提到，1952年時，在日本的幸島，猴子以科學家丟在沙灘上的番薯維生。猴群熱愛這種新食物，但番薯沾滿了沙，造成了問題。一隻叫「伊摩」的年輕母猴找到了解決方法，在吃番薯之前，先把它們洗淨、剝皮。島上所有年輕猴子都藉由模仿採用了這種技巧，然而成年的猴子則保留了不將番薯洗過就吃的習慣。幾年後，科學家發現所有猴子都使用這種技巧，而詭異的是，連鄰近島嶼的猴子也一樣！萊爾‧華特森從中得出了「百隻猿猴」的理論，一百這個數字代表了引起革命的「臨界值」：只要有第一百隻猴子加入清洗番薯的行列，整個族群都會採用同樣的習慣。

在我們的情況中，誰會是那第一百個人類，讓這一切往另一個層面翻轉，使愛情成為主導？藉由每個人在親密關係中的革命，有一天，我們將把世界推向這種行為模式，我們將會完成愛情革命。

12.萊爾‧華特森（Lyall Watson, 1939-2008）是南非的博物學家，《生命之潮》（Lifetide）是他於1979年出版的著作。

國家圖書館出版品預行編目 (CIP) 資料

孤獨戀語 / 莫卡娜 . 歐亭 (Morgane Ortin) 著；周
昭均譯 . -- 初版 . -- 臺北市：遠流出版事業股份有
限公司 , 2021.01
面；　公分
譯自：Amours Solitaires.
ISBN 978-957-32-8951-7(平裝)

876.57　　　　　　　　　　　109022078

孤獨戀語

作　　　者｜莫卡娜‧歐亭
譯　　　者｜周昭均
副總編輯｜簡伊玲
企劃編輯｜林婉君
封面設計｜謝佳穎
內頁設計｜Alan Chan

發 行 人｜王榮文
出版發行｜遠流出版事業股份有限公司
地　　址｜臺北市南昌路 2 段 81 號 6 樓
客服電話｜02-2392-6899
傳　　真｜02-2392-6658
郵　　撥｜0189456-1
著作權顧問：蕭雄淋律師
ISBN 9789573289517

2021 年 1 月 25 日初版一刷
定價：新台幣 360 元（如有缺頁或破損，請寄回更換）
有著作權‧侵害必究 Printed in Taiwan

遠流博識網　http://www.ylib.com
Email: ylib@ylib.com